La rivière
et autres nouvelles

DU MÊME AUTEUR,
chez le même éditeur :

Des gens, nouvelles, 1997

Philippe Napoletano

La rivière

et autres nouvelles

Illustration de Efix

HB ÉDITIONS

ISBN 2-911406-94-X

L'écart

DES ÉCARTS, JE N'EN N'AVAIS JAMAIS COMMIS auparavant. Dès l'âge de dix ans je savais ce que je serais, comment je serais. Je savais ça. Un homme le plus normal possible, voilà ce que je voulais être. Un homme qui se fondrait dans la masse, invisible à tous, même au malheur. Un homme bleu ou transparent. Un personnage lisse, qui n'offrirait pas de prise aux déceptions de ce monde. J'irais à l'école raisonnablement, je ferais l'armée, et en rentrant chez-moi, je me trouverais une bonne petite femme pas prétentieuse. Qui sache tenir un ménage et rigoler de temps à autre.

J'avais édifié ces plans dans mon cerveau d'enfant. Je portais en moi cette modeste ambition. Destinée sans embûche, tirée au cordeau.

Dès mes dix ans, par-dessus tout, je savais quel métier que je ferais. Conduire un autobus, je le voulais par-dessus tout.

J'admirais ces hommes imperturbables derrière leur large volant. Leur uniforme, leur casquette, et cette manière de transporter quatre-vingts personnes dans la sécurité, comme qui rigole. Ça m'épatait, me laissait sans voix ! Et jusqu'au portail de l'école, je restais muet. Un jour, je le ferais ! Je serrais mon poing dans ma poche.

Alors je suis allé à l'école raisonnablement, j'ai fait l'armée, j'en ai profité pour passer tous mes permis, et en rentrant à la maison, j'ai épousé une petite femme bien mignonne.

Et un beau matin, quelques mois avant de concevoir mon aîné, j'ai touché mon rêve. Mon volant entre les mains, j'ai embarqué mes premiers passagers sur l'une des nombreuses lignes de l'agglomération. Ma ligne. La 12, je me rappelle. Et je me rappellerai sur mon lit de mort cet instant où ils sont entrés au petit jour. Le bruit des portes coulissantes, les odeurs de la rue. C'était le plein été, il faisait déjà chaud dans mon véhicule alors que l'horizon rosissait à peine. Canicule promise.

Cette bouffée de fraîcheur quand j'ai ouvert la porte à battants ! Les trois personnes ont grimpé, une secrétaire et deux ouvriers. Leur parfum de propre, leur œil blanc et lisse, prêts à attaquer. Et moi, avec mon goût de café sur la langue, j'avais une telle envie de bien faire mon boulot. Au plus juste, à la minute, la seconde. Leur journée dépendait de moi, il fallait y penser.

Je l'ai fait au mieux, et le soir, j'avais dans les bras la sensation de la tâche accomplie. Le poids de la bonne fatigue. Je suis allé boire une bière glacée au bistro avant de rentrer. Je me sentais neuf à l'intérieur, accompli. Tout en même temps.

Je suis rentré le torse gonflé. J'ai parlé pendant le dîner, j'ai parlé après le dîner, j'ai raconté et raconté dans les moindres détails. Et je me suis endormi.

Le lendemain matin, j'ai repris mon travail. Et les lendemains qui ont suivi. Chaque matin mon volant entre les mains, je suis devenu un maître. Aimer son métier, c'est le grand enseignement. Mon métier, je l'aimais, et les autres me jalousaient. Une précision jamais égalée, à chaque arrêt précisément exact. On ne pouvait mieux. Mes supérieurs m'ont remarqué, ils m'ont proposé de l'avancement. J'avais une âme de superviseur, d'organisateur, ils disaient. J'ai refusé. Plusieurs fois. Je leur disais que j'aimais trop mon volant et mes itinéraires, le sourire rassuré des habitués quand ils montaient chez moi.

J'ai eu des ennuis avec les collègues, j'étais trop

bon je crois. Et puis je l'avais dans le sang, ce boulot. Quand les autres faisaient la grève, moi je continuais. Leurs revendications ne m'intéressaient pas, j'étais comblé. C'est pour ça qu'ils ne m'aimaient pas.

Les ans passaient et moi je restais comme un coq en pâte. Les années filaient, je ne m'apercevais de rien. Je voyais juste les gens changer dans la ville. Les vêtements changeaient, les habitudes également. Certaines personnes vieillissaient, celles que je rencontrais dans mon bus ou sur ma route. D'autres disparaissaient, déménageaient, changeaient de ville, ou mouraient. Il faut bien, c'est le temps qui bâtit son ouvrage, je me disais.

Je m'étais forgé ma philosophie personnelle. Tout seul au long du jour avec mon pare-brise et la vie autour. Je réfléchissais bien plus qu'un employé de bureau. La vie, moi, je la voyais en direct, et ça me faisait réfléchir d'une réflexion que je ne pouvais passer à personne, comme on donnerait une poignée de main ou des pièces de monnaie. Quelque chose de très complexe et profond ; quelque chose que ni mes enfants ni ma femme n'auraient pu comprendre. Et mes enfants, qui étaient désormais étudiants et acquéraient une éducation dont nous autres parents avions été exclus, n'atteignaient pas ma finesse de perception. Je me sentais comme plus proche de la vérité humaine, de l'état terrestre où nous sommes. Alors je gardais tout ça pour moi, et je tournais et façonnais dans ma tête des idées de plus en plus inédites.

Ce sont mes réflexions qui m'ont mené là. C'est un métier à haut risque. Derrière l'écran d'un ordinateur on ne se rend pas compte, c'est différent. Alors que nous on côtoie de près le vide comme la liberté. L'esprit sans entrave. Sous estimé, en général.

Un matin d'automne, je me suis réveillé plus vieux et fatigué. Les enfants allaient bientôt nous quitter et il y a belle lurette que ma femme ne se levait plus pour prendre son petit déjeuner avec moi. J'ai préparé mon café. J'ai pris mon petit déjeuner seul, debout devant la table. J'ai pensé à eux, comme d'habitude. Leur image me gonflait le cœur. Je les aimais. J'avais des idées qui s'échappaient vers l'ailleurs. C'était ce matin.

J'ai commencé à cogiter en m'asseyant à mon poste. Une pensée différente, une pensée épaisse et joyeuse. Mon existence avait déjà beaucoup défilé. Sans me rendre compte de rien. J'avais cinquante ans révolus et c'était une matinée bizarre avec des feuilles mortes, du vent et un soleil frisquet. Les arrêts passaient et personne, jamais personne n'entrait dans mon véhicule. J'étais seul, léger. Alors j'ai dévié. Le premier arrêt, je suis passé devant sans ralentir. Ensuite, le deuxième. Le vertige me prenait. J'avais de l'avance sur ma grille horaire. J'ai emprunté une avenue qui ne figurait pas sur mon itinéraire. Le vertige ! J'étais engourdi, j'avais du coton dans les bras, dans les jambes. La tête ne fonctionnait plus pareil. Le cerveau ralenti, aérien, dégagé. J'étais sorti de la route, de la ligne, du plan, du plan tracé par les autres. J'étais fier et libéré. Je côtoyais les choses dans leur plénitude.

Je me suis promené dans la ville. J'en avais fini avec mon moi passé et je n'y reviendrais plus. Le geste réalisé était décisif. Je l'avais fait presque sans m'en apercevoir. Une vague culpabilité m'accompagnait, lovée, ronronnante, au creux du ventre. Le ventre tendu d'une tension rayonnante. De la chaleur, de la douceur. J'étais fort. J'en ai profité. Je me suis dit tant que j'y suis.

J'ai pris des artères de plus en plus éloignées du centre-ville. Des boulevards qui s'enfuyaient vers la campagne. Des directions interdites.

Je suis passé devant le dépôt avec ses bus rutilants qui attendaient, sages et puissants. Dans l'ordre des choses. J'ai regardé. Je me suis plu à éprouver cette joie comme une nostalgie.

J'ai pris la rocade autour de la ville. J'ai tourné, un tour deux tours, et je me suis échappé comme d'une orbite.

Une route nationale très longue et très droite et très noire sous le soleil aigrelet. Je roulais à petite allure. Je me suis roulé une cigarette en retenant le volant avec les genoux. Je me suis retourné. Personne dans l'autobus. Seulement la vibration dans les sièges, et le bruit atténué du moteur. J'ai allumé la cigarette. J'avais compris.

J'ai fini ma cigarette. J'ai jeté le mégot par la fenêtre. Ça sent l'odeur rassurante du tabac encore chaud. Je viens de penser à ma famille. Ils sont déjà loin. Je ne donnerai pas de nouvelle. Je serai porté disparu, et dans quelques années, on ne comprendra toujours pas. Ça fait du bien, je continuerai d'exister pour eux.

Je vais filer. Je vais faire filer la route dans la campagne brune. Et vers la montagne. Je grimperai sur la montagne pelée, les routes qui tortillent. Je peinerai et je m'arrêterai sur la place centrale d'un village. Je retrousserai les manches de ma chemise, je plongerai mes bras dans l'eau glacée. J'aspergerai mon visage, je rafraîchirai ma nuque. Je remonterai dans mon bus. Je prendrai la route qui grimpe plus haut encore.

Le couple

ELLE N'A PAS TENU SA MAIN À SON DERNIER instant. Elle était absente. Elle n'a pas vu sa main blanchir sur le drap de lit. Elle n'a pas senti la chaleur de son dernier souffle, non plus son regard posé sur son visage. Elle était absente, au travail. Les gens de l'hôpital l'avaient bien prévenue, que c'était la fin, mais elle est arrivée trop tard. Il était mort.

C'est le cancer qui l'a emporté. Banal. Un cancer de tout le monde. Et elle était absente. Elle est ressortie désorientée de l'hôpital, avec quelque chose de moins.

Un pied devant l'autre dans les rues. La nuit, et elle était veuve.

Elle a regretté. Elle s'en est longtemps voulue de n'avoir pas été là lors de son dernier regard. De n'y avoir pas inscrit son image et de n'avoir pas éprouvé cette profonde humanité quand il la regardait.

Quand il la regardait. Impossible à décrire. Elle était forte et elle était une petite fille, toutes les femmes en même temps. Elle était pleine. Elle existait pleinement au monde à travers cet amour qu'il lui portait. Elle éclatait à la vie, de la lumière pure ! Et lui la regardait, et elle était désirée et protégée.

Ils s'aimaient comme personne n'a jamais aimé.

Quand il est tombé malade, ils commençaient à parler de retraite tous les deux. Lui avait dépassé la cinquantaine et elle, elle y arrivait. Mais le cancer fut foudroyant. Deux ans suffirent. Alors elle reprit son travail avec son chagrin et son amour rentrés. Et son dernier regard, qu'elle n'avait pas vu, dans son visage.

Toutes ces années, quand elle y repense maintenant qu'elle est vieille. Il a disparu d'un coup. Il l'a laissée seule. Ces nuits sans lui, sa place froide. Elle ne dormait plus. Elle le gardait pourtant en elle, et le tourment lui faisait tellement mal au ventre. Elle retrouvait leurs souvenirs, chaque nuit. Ce qu'ils aimaient : les promenades à bicyclette, les voyages, et puis les bals, les salles des fêtes qu'ils fréquentaient. Elle retournait ça en elle, qui la vrillait. Cette existence morte, et ces bonheurs multiples. Elle s'enfonçait ça dans le corps comme une punition. Et elle en souffrait autant qu'elle ne pouvait s'en passer.

Ils s'étaient connus dans un bal, un 14 Juillet. Ils étaient jeunes et la guerre finissait comme toutes les choses finissent. Mais pour eux, la vie commençait. Ils étaient pleins d'allégresse, de timidité.

Il vint l'inviter. Il était élégant dans ses souliers vernis, avec son col ouvert sur sa veste de toile claire. Elle était seule, adossée à un platane. Elle portait sa jolie robe fleurie, elle accepta. Ils commencèrent à tourner. La légèreté de ses jambes, la fermeté de sa poitrine. Elle l'avait contre elle, solide et bon. Son regard, elle se perdait dedans. Elle se perdait.

Ils tournèrent, virevoltèrent des heures. Leurs bouches se joignirent. Ils ne se quittèrent plus.

Dans les bals, ils y sont allés bien souvent. C'était leur fête à eux, leur plaisir. Ils ont tournoyé sur les planchers pourris des dancings de quartiers, le gravier ou la terre battue des campings. Ils se sont grisés, se sont saoulés de leurs pas, de leurs corps qui s'emballaient. Ils s'admiraient ! Ils étaient beaux, ils volaient comme des élus de la providence.

Ils ne dansaient qu'ensemble, besoin de personne. Libres et fiers sur les parquets du monde.

Quand elle pensait à lui, c'était ce qui lui restait. Des années après sa mort, elle n'avait plus que ce souvenir et ça lui faisait du bien. Elle quittait ses amertumes, elle se sentait mieux.

Ils espéraient bien passer leur retraite à danser.

La retraite est venue. Solitaire. Elle est retournée dans les salles de danse. Pour occuper ses après-midi et pour l'avoir encore un peu avec elle. Elle a fréquenté ces salles de danse, ces thés dansants. Elle dansait avec d'autres hommes, mais bien sûr c'était avec lui qu'elle dansait. Elle s'est inventé le réconfort de sa présence entre des bras plus ou moins habiles, plus ou moins secs ou gras. Des hommes vieux, des retraités. Des hommes seuls pour la plupart, mais elle n'a jamais dépassé le stade de la camaraderie.

Le soir elle rentrait chez elle et elle dînait.

Elle a eu des amies également. Des femmes qui appréciaient comme elle la danse, ou peut-être différemment. Mais elles s'entendaient bien, et elles se comprenaient. Elles parlaient assises autour d'une table basse quand elles étaient essoufflées. Elles buvaient un sirop à l'eau, une liqueur quelquefois. Elles s'amusaient des maladroits et des engoncées, elles retrouvaient un peu de jeunesse dans ces moqueries du dimanche. Chacune y trouvait son compte. Il leur arrivait de danser entre elles, entre femmes. Elles riaient, se racontaient des confidences à l'oreille. Elles se serraient les coudes, elles vieillissaient ensemble. C'étaient de bonnes complicités.

Ces endroits de danse étaient de tous les genres. Il y avait la guinguette sous les arbres pour les dimanches de printemps. Certains jeunes s'y aventuraient et c'étaient de jolis petits couples étonnés, qui s'aimaient. Il y avait la salle claire-obscure à l'érotisme argentin. Chacun se tenait plus droit. Les costumes se faisaient stricts, les hardis portaient le panama, et les jupes se fendaient haut malgré l'âge. Il y avait le garage recyclé – toit de tôle ondulée, plancher trempé, disjoint, sciure au sol pour éponger. En quartier, en campagne, ambiance électrique et lourde. Des indésirables buvaient au comptoir sans quitter les danseurs des yeux, ruminant leur projet. Il y avait le club bon enfant. Les hommes y plaisantaient volontiers et grassement, en buvant des petits coups de blanc bien frais. Ils avaient la prunelle égrillarde en les invitant. Les murs étaient garnis de chaises, la piste tenait les quatre cinquièmes de la place.

Elle se sentait bien dans chaque atmosphère. Elle s'attachait aux odeurs, aux couleurs, aux images, qu'elle rapportait avec elle quand il fallait rentrer à la maison.

Comme elle aimait changer, il lui arrivait de prendre sa voiture avec l'une de ces veuves, qui appréciait comme elle la diversité. Elle s'appelait Mireille et leurs joyeuses virées les rendirent proches. Malgré leur rencontre tardive, elles sentaient cette complicité des premiers instants et l'une savait la vie de l'autre, les pensées de l'autre dans ses moindres détails. Leurs sorties leur donnaient des souvenirs, du bonheur et de l'amitié.

Cependant la vieillesse se fit pesante et la voiture s'immobilisa dans le garage. Les longues balades sur les routes leur apparurent plus dangereuses. Mais Mireille et elle tenaient à leurs après-midi. Alors elles se donnaient rendez-vous dans un thé dansant près de chez elles. Ce n'était pas le meilleur, c'était le plus proche. Une ample salle d'ombre et de lumière, des tentures sombres avec de jeunes hommes de belle allure, qui les invitaient pour quelques francs.

Dans ce thé dansant, ils avaient parfois des manières bizarres, ces jeunes gens avec les cheveux plaqués, qui venaient les faire danser à l'ancienne. Ils auraient pu être leurs petits-enfants. Quinze ou vingt ans auparavant, elles les auraient peignés au sortir d'un bain fumant, après leur avoir frictionné le corps dans une serviette. Avec Mireille, elles eurent du mal au début. Puis elles s'habituèrent. Cette pratique entra dans l'ordre des choses, et dans les habitudes de leur âge. Elles arrivaient, prenaient leurs tickets. Elles s'asseyaient et attendaient qu'un des hommes vienne leur donner le bras. Il en venait toujours un, elles en riaient toujours un peu.

Mireille disparut et elle n'eut plus personne avec qui en rire.

Un jour, Mireille ne vint plus. Mireille ne revint plus et elle s'aperçut qu'elle ne connaissait pas son nom, ni son adresse. Elle en éprouva une trouble excitation, comme une adolescente qui fréquente des mauvais garçons et ne l'apprend que le lendemain.

Désormais, elle allait seule au thé dansant. Les jeudis et dimanches. Elle payait ses tickets, elle s'asseyait seule. Quand l'homme venait, il lui arrivait encore de jeter un œil du côté de la place de Mireille. Un hommage, en quelque sorte.

Elle dansait à s'épuiser. Elle tournait, tournait contre ces hommes qui dansaient pour de l'argent, qui dansaient différemment de ceux de sa génération, des manières qui ne lui plaisaient pas toujours. Et puis elle oubliait. Ils étaient discrets et souples, l'emmenaient sur les chemins de jadis, retrouver ses années de jeunesse où les choses étaient simples, et l'amour était là, si vivant, si présent. De la chair et une âme. Un homme l'accompagnait, il y a bien longtemps.

Ça ne peut pas se dire, ça ne peut pas s'expliquer. Ce qu'elle avait perdu, elle l'avait perdu. Des années s'étaient étendues, rapides ou lentes, comme des couches de terre, empilées par-dessus les souvenirs et un mari disparu et le mal et le malheur qu'elle avait souffert. Et sa détresse comme chaque personne ressent la détresse. Ni plus ni moins. Profonde est la détresse. Au début de la vie, ce sont de simples chagrins d'enfance, et les choses prennent davantage d'épaisseur, davantage de matière. Le malheur, quand il frappe, il s'enfonce fort et loin. Un enfouissement. Il se confond ensuite avec les choses de tous les jours, les tracas domestiques, et tout est emmêlé.

Quand elle dansait, elle s'ébrouait. De ses tracas, des traces et des malheurs d'une vie. Qui s'envolaient avec les rengaines, les mélodies d'une existence passée, bientôt peut-être à son terme. Des joies d'une minute par-dessus les regrets d'une vie : la magie de la danse.

Il y eut l'homme qui se présenta un jour devant elle. Un de ces danseurs, il approcha pour l'inviter. Et elle sentit battre dans ses os la pesanteur de sa vieillesse. Il était nouveau dans l'établissement, elle ne l'avait jamais vu auparavant. Des cheveux si noirs, les sourcils noirs, les pommettes aiguës et cet air de venir à vous en héros d'une guerre perdue. Trente, trente-cinq ans, un costume sombre croisé haut, une cravate claire. Pas un mot. Il l'invita et la fit danser. Elle était grisée et gênée de ça. La différence d'âge. Elle pensait à son corps affaissé, sa peau tachée, ses cheveux clairsemés, épuisés. Elle pensait à sa longue existence en ce monde, ses fidélités. Et lui si beau. Innocent et malsain. Elle se représentait leur couple sur la piste, de quoi ils avaient l'air. Elle se faisait pitié. Et elle approchait sa joue de son épaule. De quoi avait-elle l'air.

À la fin, il la remercia. Une phrase grave, cérémonieuse, un regard brûlant. L'intensité de son regard, elle l'emporta avec elle comme une dague volée. Dans son fauteuil, le soir près de sa fenêtre, elle fut honteuse d'avoir ressenti ce qu'elle avait ressenti. Son image rôdait autour d'elle.

Elle retourna au thé dansant. Elle attendit assise au même endroit. Ce fut lui. Une joie inquiète, retenue, et explosive en dedans, et dévastatrice. Elle se laissa mener. Quelques mots échangés, un bonheur chavirant.

Plusieurs fois, plusieurs vertiges et des heures d'oubli. Elle osa. Elle lui proposa de s'asseoir avec elle, elle lui proposa un verre. Il accepta. Il lui fit la conversation en gentleman. Il la fit rire.

Longtemps ainsi. Des semaines et des jours. Sa compagnie, sa voix grave, ses cheveux noirs. Elle vivait.

C'était une fin d'après-midi et il approcha le visage du sien. L'intensité de son regard, sa violence ! Il la regardait, les yeux forts, du feu ! Elle se laissa faire. Ce qui devait se produire se produisit, et le sentiment de honte qui s'ensuivit ne fut pas suffisant pour la faire fuir. Elle était dans ce cabaret, qui que ce soit pouvait observer le couple monstrueux : l'élégant et la vieille femme. Elle était pétrifiée. Lui ne semblait pas se soucier de ça et elle, elle dissimulait tant bien que mal les affres qui la tourmentaient. Dehors le jour déclinait.

Qu'est ce qui l'a tenue sur son siège ? Immobile sur son siège près de lui alors que tout lui commandait de quitter ce lieu à jamais. Elle l'aimait ? Elle ne l'aimait pas. Elle le savait et savait également que ce mot n'avait plus le même sens pour elle. Une envie de jeunesse, une passion ? Ce type d'espoir ne la faisait plus frissonner depuis bien longtemps. Retrouver son homme ? Ressemblait-il à l'homme de ses vingt ans ? Elle n'en n'était pas sûre.

Elle était à côté de cet être que tant de femmes auraient convoité. Elle se laissait étreindre et en éprouvait du réconfort. Une simple tranquillité satisfaite et le désir de continuer pour voir, une dernière fois.

Au crépuscule certaines couleurs deviennent folles, certaines formes difformes et le vent se lève, parfois brutalement. Une sensation d'apocalypse et de renouveau. Une crainte devant l'univers et son mystère, et l'envie rassurante du maelström. On prend le vertige du vide, on éprouve la douceur de l'accompli. Plus rien ne peut vous arriver. On est fort.

Elle entra dans cet état étrange, cette déraison, un acte insensé et sans aboutissement.

Tout s'est enchaîné. Il s'appelait Rodrigue. Il se faisait appeler Rodrigue – elle n'a jamais su la vérité sur son prénom comme sur bien des choses. Il lui disait qu'il aimait sa sagesse et ses cheveux d'argent. Il lui disait qu'elle était bien différente des gamines qu'il rencontrait. Il lui disait et elle écoutait sans se soucier. Il lui parlait avec l'assurance de celui qui s'adresse à une jeune écervelée fraîchement débarquée du collège et elle s'en foutait. Elle l'écoutait, elle le regardait. Elle s'en foutait. Plus rien ne pouvait lui arriver.

Il a emménagé chez elle après quelque temps. Il s'est installé avec ses costumes dans la penderie, ses produits de soin dans la salle de bain et sa collection de disques cubains sur un fauteuil du salon. Il a emménagé, il a répandu sa lumière, son parfum dans l'appartement. La légèreté de son corps quand il passait de la baignoire à la cuisine, la douceur de sa main sur sa nuque quand elle lisait près de la fenêtre, la gravité de son visage dans le miroir quand il se préparait pour travailler. Elle, elle restait assise et elle souriait.

Il l'a emmenée en ville, dans les restaurants chics et d'autres endroits luxueux. Elle payait, mais c'est lui qui choisissait. Il choisissait avec tact, jamais aucun lieu où elle ne se sentît à son aise. Elle le laissait décider et il en était heureux. Il lui parlait, beaucoup. De la vie et du nerf, et ça lui plaisait. Il avait en lui une gaieté inquiète. Il brûlait par les yeux. La fébrilité du corps, ses doigts minces quand il fumait, un appétit sombre des instants et des humains. Et ça lui plaisait. Elle n'écoutait pas toujours, rarement en vérité. Il le savait. Il lui disait toutes les choses : une existence inventée, un passé douloureux ou flamboyant. Elle ne croyait pas tout ça, ce qu'il lui disait. Aucune importance. Leur relation n'était pas là.

Il était vigoureux, impulsif aussi. Il était capricieux comme un trop bel adolescent. Alors elle le choyait, elle lui passait toutes ses lubies. Elle comprenait la chance qu'elle avait ; et puis elle s'était habituée à sa présence, à ses caresses.

Et l'habitude s'était muée en une sorte de dépendance. Une anxiété, une angoisse quand elle se réveillait seule, quand sa main froissait l'oreiller déjà froid. Une frayeur insondable quand elle s'apercevait de ça. Et la paix revenait en folle douceur : elle entendait la douche qui coulait ou son pas dans la cuisine. Elle ouvrait les yeux. Il revenait en peignoir, portant un plateau chargé de café, de confitures et de fruits. Il s'asseyait auprès d'elle, lui passait la main sur le front. Il la coiffait lentement avec les doigts. Elle se laissait faire. Elle mangeait de bon cœur.

Il savait la punir. Quand un de ses caprices restait inassouvi, il la punissait. Il la faisait danser trop vite, ou trop fort. Il la faisait tourner avec fureur jusqu'à ce qu'elle demande grâce. Elle tentait d'en rire, mais elle avait mal à son corps et à son âme. Le plaisir démembré, la faiblesse à vif. Elle se forçait. Elle en tremblait, ne savait plus que faire ni que dire pour sauvegarder un soupçon d'orgueil. Elle se trouvait désemparée, affolée par son impuissance et sa petitesse. Elle aurait aimé fondre en larmes sur son épaule, mais son épaule se serait dérobée. Elle aurait voulu appeler à l'aide mais c'était lui qui la secourait dans les moments de peine. Elle aurait souhaité fuir, pour aller où ?

L'autre punition consistait à la priver de danse. Il l'emmenait dans un cabaret et s'asseyait à côté d'elle. Il commandait les consommations mais ne se levait pas pour l'inviter. Le buste droit, raide, il buvait sans même la regarder. C'était un désespoir d'après-midi. Elle se tordait les doigts pour ne rien montrer. Elle restait assise et ressassait son incompréhension, et maudissait son âge et l'insignifiant péteux qui l'accompagnait. Elle tenta quelquefois de se rebiffer. Elle se leva, se dirigea vers la piste ou le bar – vers les hommes seuls. Mais jamais personne ne vint : Rodrigue avait soin, ces jours-là, de choisir des endroits où les hommes étaient trop jeunes pour la prendre comme cavalière et pratiquaient la danse en passe-temps, pas en métier. Dans le cas improbable où l'un d'entre-eux eût été tenté, il s'assurait d'être reconnu comme le compagnon de cette vieille femme – son homme et non son neveu. Il était impitoyable, elle ne pouvait que se soumettre.

Combien de temps ? Ses colères n'étaient pas tellement courantes et elle parvenait à les calmer. Elle passait ses plus belles robes, lui offrait des cravates, lui préparait son thé favori avec des petits gâteaux aux amandes. Elle lui faisait couler des bains relaxants. Il était jeune et, tout bien considéré, il n'était pas si mauvais. Il soulageait bien des douleurs, allégeait bien des fardeaux. Il avait les mains douces et l'haleine fleurie. Il sut lui apporter une forme de bonheur. Combien de temps ? Une nuit, il ne revint pas.

Il était parti visiter des amis, comme parfois – une ou deux fois par semaine – et elle s'était couchée, avait dîné froid au lit, un peu lu. Elle s'était endormie facilement. Cette nuit-là il ne revint pas. Elle l'attendit le matin et le reste de la journée, mais dès le réveil elle avait su ce qui s'était produit. Le dernier chapitre de son existence venait de se clore. Elle ne retourna plus au thé dansant et elle ne retourna plus nulle part. Elle se cloîtra chez elle. Une infirmière vint la voir régulièrement, une charmante jeune fille lui fit la cuisine et le ménage. Sa santé déclina rapidement.

Aujourd'hui qu'elle est dans cette maison de repos avec son fauteuil et sa couverture sur les genoux, elle sent venir la fin et se souvient. Son existence et ses deux hommes.

Les deux regards, elle se souvient. Leur ardeur, leur douceur. Le plaisir qu'elle a éprouvé en plongeant dedans, en s'oubliant dans ces deux regards. Le bonheur qu'elle a éprouvé à se donner, s'abandonner entre ces bras.

Ses deux hommes, elle essaie de les distinguer l'un à côté de l'autre. Elle essaie de les voir séparément. Les regards se mélangent. Les paupières se ferment.

La danse

ELLES MARCHENT TOUTES LES DEUX SUR LE boulevard. Pas encore des femmes et presque encore des enfants. Les platanes qui bordent la chaussée ont depuis longtemps perdu leurs couleurs d'été. Des feuilles mouillées jonchent le trottoir. Des tas, par endroits. Certaines s'envolent en paquets, avec le vent. Des rafales. Des filaments de brume parcourent l'air, mélangés à la pluie. De petites gouttes éparses, glaciales, frappent de face le visage des jeunes filles et les filaments de brume se mêlent à leur souffle, au brouillard qui s'échappe d'entre leurs lèvres, leurs dents d'émail. Il fait froid. C'est l'automne. Que se disent-elles ? Elles rient. Volontiers, sans retenue. Elles sont vêtues de vastes manteaux – l'un beige et l'autre gris – d'une laine épaisse qui retient l'odeur de leur parfum mêlée à la chaleur de leur corps. Elles portent chacune un petit bonnet de laine sombre, comme une calotte. Elles ont de longs cheveux châtains qui s'emmêlent avec les bourrasques.

Elles se ressemblent, sont-elles sœurs ? Non, ce sont certainement deux amies inséparables, de celles qui vont faire les magasins ensemble le samedi après-midi. Elles se donnent leurs opinions, échangent leurs goûts, rient quand l'une essaie des chaussures trop hautes, un chapeau trop large. Elles vont prendre un chocolat et parlent de leur famille, de leur avenir ou des garçons. Elles sont dans la même classe. Ou peut-être pas. Pas cette année. Elles se retrouvent entre les cours, pendant les récréations ; elles se gardent leur place à la cafétéria.

Elles marchent avec entrain.

Le vent écarte un pan de leur manteau, découvre leurs jambes. Elles portent une jupe au-dessus du genou. L'une porte des bottes en cuir marron et l'autre de grosses chaussures de montagne en peau. Leurs pieds se posent sans embarras sur une flaque d'eau. Une feuille morte vient se coller sur le tibia de celle qui porte les chaussures de peau. Elle ne s'en aperçoit pas, elles sont trop occupées à parler et à rire. Et à sentir le vent, sa froidure, sur leurs joues. Les lampadaires s'allument tous en même temps. Une longue ligne de boules lumineuses comme une guirlande entre les troncs des platanes. Bientôt l'heure, elles profitent des derniers instants de la journée. Les derniers instants ensemble, doux comme cette tendresse qu'elles sentent au fond du ventre, chauds comme un vieux chien allongé près du poêle. Elles se regardent peu, leurs yeux brillent. Elles rentrent chez elles sans se presser. Leurs parents vont attendre, qu'importe. Ils comprendront, ils ne s'inquiètent pas, ils savent qu'elles sont toutes les deux.

Elles restent muettes sur leurs conversations, ne disent rien à personne. Pas même aux parents. Et quand parfois l'une téléphone à l'autre, lorsque la famille dresse le bout de l'oreille tout en regardant la télévision, elles se parlent par énigmes. Personne ne peut comprendre, c'est leur code secret et elles sont fières de ça. Quand elles sont en salle d'étude, elles lisent, prennent des notes assises côte à côte. Un soupir, un murmure, un signe suffisent. Leurs yeux se croisent, elles pouffent. Elles éclatent de rire en silence. Mettent la main devant leur bouche, se cachent dans leurs cahiers. Leurs mimiques les font rire davantage. Elles sont rouges, essaient de ne pas faire de bruit, mais la vieille surveillante ne bronche pas de son livre plein de poussière. Elle est à moitié sourde, la verrue frisée, contre l'aile du nez. Elles en rient plus encore, elles qui portent la jeunesse en leur sein palpitant. Elles brandissent, ingénues, leur joie d'être ; la jettent en poignées généreuses à qui les croisera. Elles marchent avec entrain.

Elles ont les mains dans les poches, le col relevé. Un moment de silence. Elles se perdent dans leurs pensées. Elles se remémorent. Des souvenirs, déjà. Des rares années de leur amitié, elles ont déjà su retirer des moments inoubliables, des extraits d'existence concentrés en une heure, une journée, une soirée, une seconde parfois. Des épisodes qui leur ont fait toucher les profondeurs et les plénitudes. Elles ont effleuré du doigt le mystère.

L'une s'appelle Carole, l'autre s'appelle Marie. Elles ont quinze ans, peut-être seize. Un chemin bref et confus, suffisant pourtant pour commencer à explorer l'âme et l'air autour.

Elles sont encore assez loin, mais on distingue très bien leur silhouette enveloppée de ces pesants manteaux, leur sourire, leurs yeux songeurs. Soudain Marie relève la tête. Pointe le menton en avant, sort la main de sa poche. Elle s'immobilise, claque une fois des doigts. Carole s'immobilise dans le même instant – même position que Marie : droite, fière, les jambes légèrement écartées, la paume ouverte à sa droite. Elles tournent la tête, une fois, à droite, un mouvement rapide. Le visage statufié. Leurs deux pieds droits frappent légèrement le sol : la pointe puis le talon devant. Quelques gouttes s'envolent. Les jambes se croisent, un pas sur le côté, un pas devant. Elles ont arrêté la grande horloge, plus rien autour que de la brume et des feuilles mortes qui convergent vers elles, stoppées dans leur élan. Elles ont pris possession du rythme. Le réverbère au-dessus. Le halo jaune humide, figé lui aussi. Cette lumière jaune et puis grise, et leur couleur à elles. La peau de leur visage qui prend la lumière, invente la lumière. Le visage lisse, tellement fin, les lèvres rosies et leurs cheveux qui enveloppent et se nouent, se dénouent. Les deux pieds au sol à présent. L'épaule gauche, qui monte et redescend, un dernier pas, un quart de tour sur elles-mêmes. Elles éclatent de rire et disparaissent au croisement par l'avenue perpendiculaire. On entendra leur rire longtemps encore, prisonnier dans les branches des vieux arbres. On croira voir leur image longtemps encore, radieuse et suspendue, flottant dans ce crépuscule. On percevra leur odeur plus tard, une fraîcheur ténue de violettes et de collines, perdue dans le vent. On conservera tout ça au fond du cœur, soigneusement recouvert d'une étoffe précieuse.

Le temps a passé. Trente ans, quarante ans. Carole est toujours à côté de Marie. Elle lui tient la main. Carole est assise sur le lit, Marie y est allongée. Ce n'est pas son lit, les draps ne sont pas ses draps. Marie est dans la chambre d'hôpital depuis plusieurs jours.

Plusieurs semaines. Elle est fatiguée. On lui a injecté des produits dans les bras. Une aiguille y est encore fichée, reliée à un tube transparent qui charrie un liquide incolore. Elle est fatiguée, mais elle sourit à son amie. Ses lèvres gercées, son front blafard, ses yeux cernés de brun. Elle serre la main de son amie. Elles ne parlent pas, elles sont heureuses de se voir. Tout à l'heure, la famille de Marie était là. Son époux est un homme soucieux et occupé. Ils n'ont plus grand-chose à se dire. Ils avaient un projet de séparation mais la maladie est survenue. Il était présent quand Carole est arrivée. Carole est restée en retrait, elle n'apprécie pas beaucoup cet homme. Les enfants l'accompagnaient. Deux beaux garçons pressés, eux-mêmes bientôt parents. Ils ont essayé de plaisanter, de distraire leur mère, puis ils ont filé en vitesse.

Quand tout le monde est parti, Carole s'est approchée de Marie. Elles se sont regardées, elle lui a posé la main sur la joue. La main était chaude, la joue était froide. Avec lenteur, Carole a disposé les fleurs dans le vase près du lit. Marie regardait Carole, puis elle a regardé les fleurs. Alors Carole s'est assise. Elle a pris la main de Marie dans la sienne. Elle a regardé les fleurs elle aussi. Elles ont rêvé.

Dehors, le jour s'éteint doucement. C'est la fin de l'été, il fait encore bon. Carole va fermer la fenêtre pour la nuit. Elle s'assied à nouveau sur le lit, Marie est heureuse. L'infirmière est déjà passée, s'est affairée autour de Marie – elles seront tranquilles, maintenant. Elles peuvent discuter de tout et de rien. Les mots emplissent la pièce, les deux voix. Les mêmes expressions, presque le même ton. On pourrait croire qu'elles sont sœurs. La conversation s'anime, les souvenirs se font plus forts. Elles se souviennent. Elles parcourent le chemin, à l'envers. Elles se rappellent : le lycée, la jeunesse, les garçons, les cours de danse. Elles s'amusent, éclatent de rire. Les rires résonnent avec pureté dans les couloirs déserts de l'hôpital, l'enthousiasme des enfants. Carole est debout au centre de la chambre, elle a relevé sa jupe pour mieux bouger. Marie a envie de taper dans ses mains. De la rue, on peut voir la fenêtre éclairée dans la nuit et la silhouette de Carole qui passe et repasse.

Carole s'assied sur le lit, essoufflée. Elle est en nage. Marie reprend la main de son amie. Elles se regardent, elles ont les yeux brillants. Plus tard, Marie s'endormira. Carole lui baisera le front, ajustera les draps et s'en ira sur la pointe des pieds.

L'île

De la ville, il ne me reste presque rien. J'ai quitté la ville il y a bientôt vingt ans. Ça s'est passé d'un coup, en rentrant du bureau, bloqué en voiture, avec d'autres voitures autour. Gaz d'échappements, klaxons, tout le monde gris, crépuscule gris, chacun sa barre, gravée au front, on n'avançait pas, vie bloquée, sur un boulevard, tête bloquée, cervelle bloquée. Je suis sorti de l'auto, j'ai marché. Je suis parti.

J'avais l'idée d'une petite île de sable battue par les vents. Pas une île à cocotiers, à fruits savoureux et à vahinés... non, pas une de celles-là. Je voulais une île pelée au milieu de l'océan, avec juste assez de solitude. Un village et un comptoir entouré de quatre planches pour m'y installer. Alors j'y suis allé, vers l'océan, et j'ai trouvé mon île. Elle était bien modeste, comme je la voulais. Des bourrasques à rendre fou et une poignée de maisons à volets bleus au bord des vagues. Au centre de l'île, une bâtisse un peu plus grande que les autres. L'Auberge des Goémons. C'est là que je me suis arrêté en espérant le moins de clients possible. J'ai été servi.

Tout au bout de l'île, à l'opposé du village, on peut découvrir une sorte de forteresse noire qui regarde vers le large. Des murs sans fenêtres du côté de la terre ferme, des fenêtres avec barreaux du côté de la tempête. J'ai cru à une ruine, c'est une prison. Et je loue le cadavre de Dieu de l'avoir laissée là, car c'est elle qui m'apporte mes rares visites.

Mon établissement est vide la plupart du temps. Les chambres rangées, les draps propres, les armoires fermées. Parfois, deux ou trois hommes viennent du village à volets bleus, qui parlent accoudés au bar en buvant de la bière ou des alcools forts. Ils parlent de la mer et des femmes. En général, je ne participe pas à la conversation. Je reste en retrait, je fais mon boulot. Les habitants de mon île se sont habitués à moi et les autres s'en foutent.

Les autres sont les taulards et leurs visiteurs. Ils paient les chambres et mangent ici. Les taulards sont en majorité. Ils n'ont pas de famille, ou leur famille est trop loin, ou trop pauvre, ou ils lui ont fait trop mal... je ne connais pas la raison, je ne leur ai jamais demandé.

Ils viennent ici à leur libération. Ils ouvrent la porte, hagards, essoufflés. Ils restent un instant immobiles entre le vent et la salle, regardent autour, font un pas en avant et ferment la porte derrière eux. Ils avancent doucement vers moi, je suis toujours à mon comptoir. Ils ont du mal à parler. Je ne les aide pas, je les attends, c'est tout. Ils commandent et vont s'asseoir. Quand je pose leur verre sur la table, ils demandent si j'ai une chambre. Je leur donne le prix, ils acceptent et boivent.

Juste une nuit ou deux, le temps de comprendre ce qui leur arrive, le temps de faire le point.

Ils restent la soirée à boire, assis à leur table. Ils restent en éveil malgré l'épuisement. Ils regardent chaque recoin de la pièce, s'impriment dans le crâne chaque instant, chaque centimètre carré de leur premier soir de liberté. Il leur arrive de me lancer une phrase ou deux, pour s'entraîner, une manière de vocalises. Je leur réponds, ni plus ni moins. Ils apprécient mon silence. Je suis là, je leur donne la réplique, c'est tout. Je ne viens pas leur gâcher ce moment de désarroi profond qui suit la libération. Ce moment où tout est fragile, où plus rien n'a de valeur, et où les valeurs elles-mêmes s'évanouissent face à l'incertitude. Je les laisse goûter à l'angoisse des premiers instants. Demain, il ressentiront le plaisir, la satisfaction. Au matin ils seront plus sereins. Le calme vient après la panique.

Le lendemain, ils sortent au plein vent. Ils vont se nettoyer la tête dans les rafales. Ils se débarrassent des brumes d'alcool et des saletés de cellule qui leur restent au fond du crâne. Certains se baignent nus dans l'océan. Ils reviennent le dos droit, la poitrine ample et le visage ouvert. Vivants. Ils commandent un repas, mangent de grand appétit. Ils reprennent du pain et du fromage. Ils parlent plus facilement, parfois m'invitent à leur table, et nous discutons. Ensuite, ils me demandent un journal. Ils vont faire une sieste, retournent dehors ou restent simplement à leur table à casser des miettes de pain entre leurs ongles. Ils repartent le soir même, le lendemain, et ne reviennent jamais. Ils arrivent de l'ouest et repartent vers l'est.

Ceux qui restent ont quelquefois de la visite.

Des femmes vieillies avant l'âge, les cheveux ramassés en chignon, suivies par une ribambelle de morveux mal torchés. Elles sont sauvages, commandent sèchement une chambre. Elles se sont débrouillées pour venir une semaine, pour voir leur homme une fois par jour. Une demi-heure par jour. Elles en reviennent épuisées, un peu plus tristes. Elles s'assoient à table, demandent une pression. Elles boivent, les yeux dans le vide, en fumant beaucoup, avec les gamins qui braillent autour. Elles ne se confient jamais.

Il y a aussi les mères, douces et fatiguées. En deuil, toujours, elles me parlent comme à leur fils. Elles vont aux visites comme au cimetière, un petit panier de linge, de cigarettes et de chocolat en guise de géraniums. Je les entends parfois prier dans leur chambre. Elles restent en silence, elles aussi, ne font rien de leurs journées, seulement attendre l'heure, patiemment, devant une consommation. Quand l'heure arrive, elles se lèvent, prennent leur panier et leur châle. Elles passent la paume de la main en petits coups sur les épaules, enlèvent une poussière imaginaire. Elles ferment la porte doucement. Elle reviennent le panier vide et vont se coucher tôt.

Les sœurs sont plus joyeuses, plus vivantes. Robes courtes, bouches gourmandes, parfums légers. Elles sont belles, rient volontiers en m'adressant la parole. Histoire de leur vie, pas farouches, elle m'ouvrent les grilles de leurs malheurs comme pour m'inviter dans un jardin. Elles me font de l'œil, un peu. Elles me montrent comment elles embrasent l'esprit des garçons dans les bals de quartier, comment les bagarres se déclenchent pour gagner leur candeur et leurs secrets. Elles se font belles avant d'aller voir le frangin, elles voudraient laisser un souvenir de gaieté –

et si ça peut profiter aux autres, pourquoi pas. Une jolie fleur dans les nuits carcérales, elles le savent. Elles le font exprès, pour apporter un peu de bonheur. C'est innocent, pas toujours bien compris, mais ça elles s'en foutent et tournent le dos en riant.

Et puis il y a des êtres différents.

Des êtres lumineux.

Une très jeune fille est arrivée un matin. La porte s'est ouverte, elle avait les mains dans les poches de son imperméable. Une perle de pâleur, les cheveux blonds tenus en une lourde tresse qui lui descendait jusqu'au bas du dos. Elle s'est assise, je lui ai servi un thé au lait. En buvant, ses pommettes ont légèrement rosi.

Je la contemplai. Quand elle eut terminé, elle posa sa tasse, précautionneusement. Elle me fit un sourire timide, doux comme une brume, baissa les yeux, rosit à nouveau. Je me sentis mal à l'aise. J'eus l'impression d'avoir brutalement pénétré son intimité, sans qu'elle eût résisté. Pourtant, quand elle quitta la salle pour rejoindre sa chambre je regrettai la chaleur de sa présence. Aucun mot n'avait été échangé. Aucun bruit n'avait troublé cet instant. Elle ne revint pas déjeuner. Je ne la vis ressortir que le lendemain matin.

Au retour de sa visite au pénitencier, elle me parla. Son fiancé était enfermé pour longtemps, elle s'appelait Barbara. Ils devaient se marier dès leurs dix-huit ans et il y eut un malheur. Il fut transféré ici après le procès. La prison des pires, c'était pourtant un brave garçon.

Elle venait de loin, elle avait économisé pour le voyage. Elle déjeuna d'un sandwich et retourna dans sa chambre.

Les jours passèrent. Elle se montrait un peu plus souvent, restait plus volontiers avec moi après la visite. Nous nous étions apprivoisés à petits gestes. Avec du silence, avec de la patience. La douceur des yeux, la blancheur des fronts. La compréhension de l'autre sans mot dire. Nous nous tendions l'un vers l'autre, attentifs. Au retour de ses visites, selon le bruit de son pas sur le plancher, selon la courbure de son cou, je comprenais et je lui servais une boisson d'espoir à bulles joyeuses et sucrées ou un chocolat rassurant à la mousse chaleureuse.

Elle aussi faisait des efforts. Même quand elle était fatiguée, elle me laissait sa présence quelques instants de plus. Elle savait qu'il suffisait d'être là pour me satisfaire, que je me contentais de peu. Mais se tenir dans cette salle lui était parfois pénible. Sa chambre l'attendait, sa solitude, le souvenir de son fiancé, et cet avenir, peut-être. Peut-être mort dans son cœur, ce souvenir. Elle voulait redonner vie à ses projets. Elle désirait se perdre dans ses rêves ;

pourtant, elle restait là avec moi. Toujours peu de mots, seulement sa lumière qui flottait dans la salle, et moi avec mon sourire frémissant. On se rendait service, en somme ; on s'aidait à traîner son fardeau.

Les mots ne vinrent qu'après. On se connaissait mieux, on savait l'âme de l'autre dans ses courbes et ses angles, alors on a commencé à parler.

C'était un jour de vent tel qu'il fit nuit dès quatre heures de l'après-midi. On entendait dehors des sifflements, des claquements, des froissements. Rien d'humain. On était tous les deux entre les murs, sous la charpente. L'électricité plus très vaillante et la porte en agonie. On se sentait dans une sorte de sécurité incertaine qui nous euphorisait, une fine excitation d'apocalypse. On s'est assis à table, on n'a laissé qu'une loupiote au mur près de nous. Et les mots sont sortis. Les mots vinrent tout seuls. Des années et des mois que je n'avais pas parlé, fait de véritables phrases. Les phrases s'enfuyaient de ma gorge et je restais étonné par le son de ma voix, ému par le sens de mes paroles. Il y avait là bien plus de douleur que je ne l'avais jamais admis. Pour Barbara, c'était identique. Elle n'avait pas connu la joie, et le silence l'accompagnait depuis l'incarcération de son amoureux. Elle avait vécu l'absurde, ressenti la méchanceté des humains, entendu l'irrémédiable bêtise du monde qui bruissait autour d'elle, qui condamnait en ricanant.

Mais on ne dessinait pas seulement le malheur. Dans nos propos il y avait de la complicité, et nos yeux pétillaient après une plaisanterie. On s'amusait de nos ressemblances, de nos idées communes ; on s'émerveillait de se dire notre passé, nos aventures. C'était à qui aurait l'anecdote la plus exceptionnelle.

Il se faisait tard. Je me suis levé de ma chaise. J'ai allumé le feu sous la soupe et j'ai pris une bouteille de vin derrière le comptoir. Elle a sorti des assiettes creuses, des verres et du fromage. On a dîné. Le silence est revenu pendant qu'on mangeait. Mais bien différent, comme après un événement essentiel. Un silence lesté, épais, alourdi par ce qui nous arrivait. On mangeait gravement, on comprenait l'instant tous les deux, peut-être différemment, mais l'important n'était pas là. Après, on a poussé les assiettes sur le côté et on a recommencé à parler. Les verres étaient restés devant nous, on se resservait à l'envi. On s'enivrait de vin et de mots, les heures coulaient de travers, les minutes fuyaient par paquets de dix. La nuit avait depuis longtemps envahi la pièce et nous nous rapprochions de la lampe, comme deux âmes perdues en forêt. Il y avait là, entre nous, une chaleur qu'on ne trouve que de rares fois sur le parcours d'une vie ; une proximité, une douceur qui vous apprennent la précieuse unicité de l'existence et des jours. Je savais, ce soir-là. Je goûtais chaque geste, chaque mot de Barbara, dans la plénitude. Je prenais tout en vrac, j'engloutissais comme un goinfre, le temps, les images et les mots. Le temps filait, et se tissait une complexe étoffe faite de sensations qui se contredisaient et s'enrichissaient.

Au détour d'une confidence, au plus sombre de la tempête, Barbara ralentit ses mouvements. Les mots s'articulent plus longuement, la bouche aussi ralentit, puis se tait. Les lèvres se ferment. Doucement, elle fait passer sa main sur sa nuque. Elle se saisit de la base de sa natte qu'elle ramène sur son épaule. La natte descend sur son sein jusqu'entre ses jambes. Silence. Elle semble accomplir un rituel mystérieux, contenu en elle depuis longtemps, et déclenché par je ne sais quel signe. Elle défait la tresse, toute à sa tâche, sans me regarder. Ses doigts caressent les lourdes courbes de cheveux. Habiles et fins, ils délient une à une les boucles savamment confectionnées au matin devant le miroir. Je me tais. Après une longue promenade sur le chemin de son buste d'enfant, après une lente progression de ses mains blanches aux poignets fragiles, les cheveux sont libres. Elle les coiffe de ses doigts et les remet par masses derrière elle. Elle secoue doucement la tête. Elle me regarde. Elle m'offre son visage d'ange encadré d'or. Les pommettes colorées, la prunelle pâle et infiniment douce et infiniment triste. Elle m'offre sa beauté, elle m'offre l'image simple de l'instant. Instant plein, d'abandon et de compréhension du monde. Un présent frémissant. Elle semble vouloir me dire garde-moi, garde un peu de moi dans ta mémoire. Je n'ai rien à t'offrir, je te donne une image. Une seule image, mais toute mon image, moi entière dans l'image et garde-moi. Ça me fera du bien de me savoir à l'abri de tes souvenirs. Prends.

Je la regardai, je la gardai, et je souhaite pouvoir chérir cette icône jusque dans les ténèbres de mon dernier soir. La lampe donnait quelques flammes entre ses boucles, nous restâmes encore à nous taire. Elle se leva, me dit au revoir et s'éloigna vers sa chambre. Je veillai et je bus beaucoup cette nuit-là. Je crus entendre son souffle en repos derrière les murs. Je restai sur ma chaise jusqu'à l'aube. Un fluide silencieux parcourait mon corps. Dehors, le vent s'était arrêté.

Nous n'évoquâmes jamais cette nuit et les choses restèrent en leur ordre figé. Barbara passait de longues heures assise dans la salle, sortait parfois marcher sous le soleil et le vent, ou se préparait dans sa chambre pour rendre visite à son aimé. Chaque jour une nouvelle robe, toujours le visage fermé, concentré sur les souvenirs à venir, les instants quotidiens du parloir, la raison de son voyage jusqu'à ce coin de sable au milieu de l'océan.

Elle était tout entière tournée vers son jeune amour prisonnier. Les deux amants communiant sans le souci des murs et du temps, désirant tout le jour pénétrer dans cette petite pièce humide, garnie d'une table de bois grossier, de deux chaises qui craqueront sous leur poids. Tous les deux choisissant en l'absence de l'autre les mots d'une conversation en pointillés, en silences, une conversation des yeux, une conversation des mains qui se pressent au-dessus de la table. Dans ces moments-là, le temps est une denrée précieuse. On ne doit pas gaspiller le temps. Les mains serrées malgré la moiteur et l'engourdissement, les regards tendus vers l'autre, passionnés, dévorants, curieux des infimes changements survenus en vingt-quatre heures. Les mots rares, récupérés de justesse car tout a été oublié, qui patientait, soigneusement préparé depuis le matin. « Je voulais te dire quelque-chose, mais je me rappelle plus... c'est bête... » Et les mains se pressent un peu plus. À la fin de la visite, on ressent la déception, puis l'accablement, nullement apaisé par l'espoir du lendemain. Et la mémoire se met en route dès la séparation. Reformer les images et les toucher jusqu'à s'en épuiser, retrouver les émotions sur sa peau et dans son ventre, sentir à nouveau les odeurs qui flottaient autour de l'autre. Une entêtante boucle dans le temps, une roue lente et implaccable.

Barbara m'accordait une attention chaleureuse, égale, prenait pour acquise notre drôle d'amitié aux complicités brèves et puissantes. Barbara se distrayait de ma présence et moi, je tentais de lui donner le change alors que l'image de cette nuit-là dansait encore en moi. Elle riait de mes maladresses. Elle s'émouvait de ma gourderie. J'étais sincère. Et quand je lui en voulais de n'être pas davantage auprès de moi, quand je me renfermais, elle s'intimidait, reprenait ses attitudes du premier jour.

Une folie, c'est vrai. Je m'en suis aperçu. Mais j'admets aujourd'hui que moi, l'homme essoufflé au bord des dunes, moi, l'homme en fin d'été, moi qui avais connu plus de cinq décennies posé sur le globe, j'éprouvais un vrai sentiment d'amour pour ce jeune fruit. Je cédais au charme de la jeunesse perdue et je ne vivais plus que pour l'image, pour la voix, pour le parfum de Barbara. Je voulais sa présence et le reste ne comptait pas. Il n'y avait là rien d'un désir physique, c'était un authentique retour aux amours adolescentes, une véritable adoration pour cet être. C'était un retour de sensations confuses, c'était la quête mystique d'une âme, d'une source. Une dévotion silencieuse, une joie du quotidien, une vénération de la tristesse, un éloge énigmatique. C'était tout ça, et c'était une folie.

Pour rien au monde je n'aurais touché le corps de Barbara.

J'attendais simplement, tous les jours de ma vie, le passage de Barbara, pour jouir de sa lumière, et pour conserver un peu de sa chaleur dans les replis de mon crâne engourdi.

Je m'étais retiré du monde. Les humains m'avaient déçu. Depuis le temps que j'étais ici, je n'employais mes journées qu'à les terminer (devrais-je dire les achever ?) honorablement. Mes sensations se limitaient à l'eau de vaisselle sur mes mains et au vent sur mon visage. Mon horizon, le pénitencier. Je n'étais pas malheureux, je ne me plaignais pas. J'avais choisi cette vie dépouillée de déceptions ou de brutalité, mais exsangue de joies et de beautés. J'avais préféré le gris aux couleurs, car certaines couleurs blessent la rétine ; j'avais opté pour le silence, car certains sons énervent l'oreille. Je m'étais retiré en ermite, abandonnant la recherche frénétique du plaisir, au risque de l'ennui. Le calcul était correct – n'étant pas satisfait des charmes de cette terre, n'ayant pas le courage de mettre un terme à mon existence, je me soustrayais à l'humanité, et j'attendais dans mon abri l'issue de la comédie –, mais il ne tenait pas compte d'aberrations comme l'arrivée d'un être céleste sur ce purgatoire de prés salés.

Mes jours étaient devenus doux et douloureux. Je passais mon temps dans mon établissement à essuyer les verres, à nettoyer le comptoir, à déplacer les chaises, en pensant à Barbara. Quand elle montrait le bout de son nez, je lui adressais un sourire, quelques mots mal choisis. Elle s'asseyait, j'allais lui servir une boisson. Je restais à côté d'elle, lui parlant de tout et de rien. Je m'asseyais parfois à sa table, j'essayais de la rassurer, de me faire ami ou confident. Je voulais me rendre indispensable et quand elle m'offrait son beau regard, quand sa main se faisait affectueuse, j'étais aussitôt transporté de bonheur.

Nous dînions parfois ensemble, mais le plus souvent, elle me commandait un sandwich et s'enfermait dans sa chambre jusqu'au lendemain.

Je passais alors la soirée seul, à manger devant la fenêtre, à guetter chacun des bruits venus de chez elle : un cintre remuant dans l'armoire, le robinet rouillé et l'eau qui vient juste après, les volets qui claquent, la fermeture de la fenêtre suivie par le froissement des draps et deux ou trois grincements de sommier. Je restais des heures l'ouïe dirigée vers la chambre et l'œil traînant sur les dunes éclairées par la lune blanche.

Mon esprit errait quelque part entre la chambre tiède de Barbara et les paysages de lancinants songes d'adolescent.

Elle vient de me parler. Elle me demande un service, elle ne sait pas comment faire. Je reste devant elle, les bras ballants. « Qu'y a-t-il, Barbara ? »

Elle m'explique. Elle m'explique qu'elle a obtenu une faveur exceptionnelle, pour elle et son fiancé. Qu'il va pouvoir sortir. Toute une nuit et tout un jour. Qu'ils seront de nouveau ensemble, dehors, après tout ce temps. Tant de temps ! Elle m'explique qu'elle est heureuse, qu'elle est heureuse aussi de me faire partager sa joie. Je suis son meilleur ami, le seul qui la comprenne. Elle va le chercher tout à l'heure. Il fera encore jour, ils se promèneront dans les dunes. Elle connaît, elle lui montrera. Les bourrasques ! ils laisseront filer leurs rires dans le vent. Le sommet des dunes, et puis les creux. Elle ne m'explique pas qu'ils s'embrasseront, qu'ils rouleront sur le sable. Elle ne m'explique pas qu'ils prendront peut-être un bain, nus dans l'océan. Elle rayonne. Elle est plus belle encore. Ses lèvres sont celles d'une maîtresse, et ses dents, sous son sourire, sont solides, prêtes à mordre.

Barbara baisse les yeux. Elle se tait. Elle cherche à retrouver du courage dans le silence. Les belles images de son amant.

— Alors voilà. Vous avez vu, je suis quelqu'un de discret. Je n'ai jamais été pénible depuis le temps que je suis là. Je ne vous ai jamais dérangé, j'ai même été plutôt gentille, n'est-ce pas ? Alors voilà. Voilà, j'avais pensé que si ça ne vous dérangeait pas trop, j'avais pensé que Sébastien... enfin, qu'il aurait pu venir ici. Enfin... pour dormir, je veux dire.
Elle avait jeté toutes ses forces dans ces mots. Des mots vitaux pour elle. Elle la timide, la rêveuse aux yeux d'eau, elle s'était tenue bien droite. Elle avait bredouillé, un peu, mais elle m'avait regardé droit. Prête à se battre en cas de refus. Il n'y eut pas de refus.

— Bien-sûr, Barbara.
Je répondis sans réfléchir. Aucune intonation dans ma voix, et pas le moindre geste.

— Oh, merci !
Elle courut dans sa chambre et moi je restai abruti au milieu de ma salle, là où elle m'avait trouvé. Je restai là, avec cette petite entaille, une méchante petite entaille douloureuse, au mauvais endroit.

Elle passa la journée à chantonner dans sa chambre. Devant le miroir, elle se faisait belle ; le plancher craquait, elle mettait de l'ordre. Elle ouvrit les volets, laissa entrer la lumière. Il faisait beau. Elle sortit quelquefois, passa devant moi sans me voir, elle était toute à son homme. Une dernière fois en fin d'après-midi.

— Bon, j'y vais ! lança t-elle. Elle portait une robe blanche à fleurs rose tendre. Légère, légère, la robe dansait autour de ses jambes. Elle avait à l'épaule un sac de paille, un peu comme un sac de plage. Avec ses petites chaussures de toile, elle s'envola vers son fiancé.

Je ne la revis pas de la journée. Ils arrivèrent à la nuit noire.

La poignée bouge, grince. La porte s'ouvre, elle entre en pleine lumière. « Bonsoir ! » Elle sourit. Elle est gênée. Elle avance d'un pas, elle tire quelqu'un par la main. Le jeune homme avance lui aussi, gauchement. Je ne le vois pas encore, il ne semble pas très à son aise. Il apparaît. Un gamin, c'est un gamin. Il a l'air encore plus jeune que Barbara, un très délicat visage d'ange. Presque féminin, intimidé. Il me regarde comme si j'étais le père de Barbara. Il se balance d'un pied sur l'autre.

— Je vous présente Sébastien. Sébastien, je te présente... je te présente le patron de l'hôtel. Il est adorable.

— 'Jour m'sieur. Elle est fière de son homme, elle le dévore des yeux.

— On peut dîner ? Ils vont s'installer. Elle s'assied, elle déplie sa serviette. Je meurs de faim ! Elle roule des billes pas croyables pour faire l'affamée, il y a quelque chose d'excessif dans ses façons. Un peu trop démonstratif. Elle essaie de faire de l'ambiance, car l'autre est engourdi. Il ne comprend rien, il a encore la tête en taule. Soumis, il ne parvient pas encore à se débattre. Il a oublié tout ça. Ça va revenir. Alors Barbara fait la rigolote, le boute-en-train. Ça ne lui va pas. Tant pis. Elle se force.

— Les frites sont délicieuses ici !... Et l'autre jour, devine ce qui m'est arrivé ?... Mon frangin, toujours le même, changera pas... Et les dunes, t'as aimé, les dunes, tout à l'heure ?

Je crois qu'elle le fait aussi pour moi, son cinéma.

C'est dur. Sébastien commence à émerger de ses sales brouillards. Ils prennent l'apéritif. Après les crudités, ça va déjà mieux. Les regards et la conversation s'animent. Les mains se frôlent. Sébastien s'intéresse, il parvient même à être drôle. Barbara est ravie.

Ils ne sont plus que tous les deux dans la pièce. Les deux visages, les profils s'approchent au-dessus de la table. Très proches, de plus en plus. Les lèvres se touchent. Ils sont pleins de bonheur. Et puis la gaieté. Les éclats, l'insouciance. Ils ne sont plus que deux. Ils rient, ils se plaisent, se séduisent. Ça fait mal, je ne sais pas dire. C'est une belle soirée pour eux. Comme aux chandelles. Sur une belle terrasse blanche au bord de la mer. Et la mer et les vagues viennent bruisser jusqu'à côté d'eux. L'écume à leurs pieds. Ils sont deux amants au présent. Seulement eux. Ils ne se sépareront jamais. Ils mangent avec enthousiasme, plaisir, comme s'ils se mangeaient. Ils mangent comme s'ils étaient déjà dans le grand lit aux draps rêches. Ils pensent à ça. Ce soir, cette nuit. Ils font durer l'impatience. Le dessert. Sucrerie, douceurs, dans la gorge et dans le corps. Réconfort, ils s'aiment. Ils vont se coucher. Il est tard.

Un rai de soleil inonde la salle. Éclabousse une table et ses chaises. Il fait encore très beau ce matin. Une vraie chanson pour le cœur. C'est à cette table ruisselante de lumière fraîche qu'ils se sont assis. Ils sont sortis de la chambre en se tenant par la main. Tous les deux joliment habillés, douchés, répandant un parfum de savonnette dans la pièce dominée par l'odeur de café. Ils m'ont salué de loin et sont allés s'asseoir à cette table.

Barbara se tient droite. Elle regarde son homme, elle regarde dehors en inspirant à fond. Elle a pris du café noir, comme Sébastien. Sébastien croque ses tartines après les avoir trempées dans le café. Il se régale, il le montre à Barbara. Il penche le visage au-dessus du bol, prend la fumée en pleine figure. Barbara lui remonte une mèche retombée sur le front. Il a presque fini, elle dit :

— Que veux-tu faire aujourd'hui ?

— On va se promener, tiens ! On ira jusqu'au village, tu veux ?

Ils éclatent de rire, sans raison. C'est un rire de bien-être, un rire parce qu'il n'y a rien d'autre à faire. C'est un rire de démonstration. On se comprend, demi-mots. On n'est pas comme les autres. Quand je te regarde, mes yeux tombent naturellement dans les tiens. Pas d'ajustement, nos regards s'emboîtent exactement. Ma main achève sa course dans la tienne sans hésitation, tu sais terminer une phrase que j'ai commencée. Tu sais ce que j'aime. Tu fais précisément deux pas quand j'en fais un seul et j'aime ta démarche. Nos corps en sommeil respirent au même rythme. Tout à l'heure, tu te souviens ? Nous nous observions endormis. Nous étions près du lit, debout. Ça nous faisait sourire. L'un et l'autre, endormis, moi sur le dos et toi sur le côté. Tu avais ta main posée sur ma poitrine, douce, comme sans vie. Le repos.

Ils se lèvent d'un bond, rient encore. Ils sortent, lui devant, vif, Barbara derrière, trottine, et le tient par la main.

Ils reviendront en fin de journée. Les bras chargés d'objets, un peu de vent prisonnier dans les cheveux. Harassés, pensifs, ils auront la force de rire encore un peu. Bousculer le sort. Il commandera un alcool fort, un autre. Barbara lui prendra une cigarette brune. Le silence s'abattra sur eux. Ils emprunteront le chemin qui s'en va vers l'ouest. Le bâtiment gris et l'océan.

En rentrant du pénitencier, Barbara viendra me voir au comptoir.

— C'est comme ça tout le temps ? Parlez-moi. Tant d'attente pour si peu de joie ?

L'image

ELLE EST PARTIE ET IL SE SENT SEUL. ET NU. Inutile. Ces souvenirs dans son cœur, ces projets, ces histoires d'avenir. Histoires orphelines, inutiles.

Il s'était habitué à elle. À sa beauté, à son silence. Il l'avait soignée, bichonnée comme aucune autre. Aujourd'hui il peut l'avouer : il était amoureux fou. Et il se sent seul. Et il traîne sa grande carcasse dans les rues de la ville, comme un homme sans domicile, comme un homme sans amour.

Avant elle, la solitude était sa compagne. Son lot quotidien, comme on dit. Il habitait dans un studio loué par l'office HLM de la commune. Un logis pas prétentieux, pas luxueux, mais propret et moderne, tout de même. Un revêtement plastique au sol – facile à entretenir –, une tapisserie pastel et un coin cuisine tout ce qu'il y a de pratique. Il se disait qu'en fait, il s'en sortait plutôt bien. Il était seul, d'accord, mais il avait un boulot et un endroit où dormir.

Le matin il se levait. Il prenait son Nescafé avec ses tartines. Il se rasait, se lavait les dents et partait au travail dans sa tenue d'employé communal. Le soir, il rentrait à la maison. Il se faisait sa dînette devant la télé, et il allait se coucher. Il s'en était bien tiré, lui qui n'était pas gâté côté jugeotte. Il savait bien qu'il n'était pas un prix Nobel, ni même un bachelier. Il était juste assez malin pour comprendre qu'il n'était pas très fûté.

De l'école, il est parti dès que possible. Pour être plus précis, il faut dire qu'on l'y a sérieusement aidé. On lui a soigneusement indiqué la sortie. Il a fait des petits boulots, et dès qu'il a gagné ses premiers salaires, ses parents l'ont foutu dehors. Il n'avait aucune qualification et il a tangué de longues années entre les contrats d'intérim et les périodes de chômage. Il a même été plusieurs mois sans adresse. Autant dire qu'il n'a pas craché dans la soupe le jour où la commune l'a embauché.

Il n'avait pas de poste défini. On l'envoyait selon les besoins au jardinage, au balayage, à la voirie. Ce qu'il aimait, c'est qu'il était toujours dehors. Il se baladait, connaissait tout le monde, et tout le monde le connaissait. Ces derniers temps, il travaillait à l'entretien de l'équipement. Il astiquait les bancs publics, surveillait les dégradations ou prenait soin de ces jolis panneaux publicitaires qu'on croise dans les rues. On appelle ça des sucettes, à cause de leur forme rectangulaire aux coins arrondis et de leur pied en aluminium. Il aimait ces élégants panneaux métalliques exposant leurs affiches sous une vitre. Ils présentent à hauteur d'homme des images du bonheur, des gens comblés et de belles autos.

Et c'est justement en lavant la vitre d'un de ces panneaux qu'il l'a rencontrée. Il n'a d'abord pas fait attention à elle. C'était un jour de novembre, une triste journée où les soucis vous tournent dans la tête comme une brume de mauvais augure. Un jour d'ennui chronique, où le tracas traîne comme des papiers gras dans les rigoles. La moindre contrariété et la journée est fichue. Il ruminait donc ses vilaines pensées tout en travaillant lorsqu'elle est apparue. Elle se tenait le buste droit, largement décolletée dans une sorte de manteau noir. Elle avait la tête penchée, le cou vaguement en diagonale, comme savent le faire les femmes d'Orient. Elle le regardait droit, bien en face. Elle avait des cheveux noirs, très noirs, et la peau blanche, tellement blanche. Ses cheveux étaient noués en chignon, seules deux fines mèches noires encadraient son visage. Elle le regardait en face et ses lèvres ne souriaient pas. Ses lèvres aussi étaient blanches. Maquillées de blanc, et garnies d'une touche de rouge en forme de cœur. Comme ces femmes japonaises qu'on appelle des geishas. Sa main gracieuse tenait un coquelicot. Et le rouge du coquelicot répondait au rouge de ses lèvres. Sous son manteau noir ouvert, sous son chemisier blanc tellement léger, on devinait une poitrine menue, menue, et on avait envie de la protéger.

Son bras s'est fatigué, sa main n'a plus frotté. Il est resté immobile, son visage près du visage de la femme. Elle était tellement belle, et ses lèvres, tellement proches. Elle ne bougeait pas, sûre d'elle, sûre de son charme, de son charme envoûtant. Il décida de s'éloigner un peu pour l'embrasser d'un regard. Il descendit de son escabeau et recula de quelques pas. Il reçut son image d'un coup, presque violemment. Sa grâce, l'harmonie de sa silhouette ! Et la fragilité de ses doigts tenant le coquelicot, la pâleur de son teint ! La douceur de ses yeux ! Il l'admirait de tout son corps. Mais il ne put rester longtemps séparé d'elle. Il rejoignit son escabeau.

Il était en paix. Il respirait paisiblement, et il sentait le souffle de la femme sur son épaule. Et il respirait le parfum si délicat qu'elle portait au creux du cou, dont une goutte s'était peut-être égarée sur le tendre bombé de son sein. Au bout d'un moment, il reprit conscience de la rue. Il se dit que son attitude devait paraître suspecte aux passants. Mais il ne parvenait toujours pas à quitter la femme. Il prit un chiffon dans sa poche et fit mine de s'attarder sur quelques traces rebelles. Il put ainsi détailler chaque parcelle du corps de sa belle, et s'en ravir, et s'en émouvoir. Quand il replia enfin son escabeau, l'après-midi était bien avancée.

Cette nuit-là fut une nuit sans sommeil. Après avoir tourné deux bonnes heures dans son lit, il décida de se lever. Il s'habilla et sortit. Il la retrouva à la même place, illuminée, dans la rue déserte. Elle était seule au milieu de la nuit. Il s'approcha doucement, les yeux rivés sur elle, jouissant d'elle à chaque pas. Plus il s'en approchait, et plus il la trouvait belle, et s'enivrait de tout ce qu'elle était. Il pressa sa joue contre la vitre qui les séparait. Il était bien.

Après, il s'est assis sur un banc à côté. Il l'a observée en silence, lui a murmuré des mots. Des mots d'amour, des mots de tendresse, des mots d'avenir. Il s'est levé peu de temps avant les premières lueurs de l'aube, quand les livreurs commencent leur manège dans les rues endormies. Il est rentré chez lui, a pris une douche et s'est fait un Nescafé. Il est allé travailler dans le jour terne, des rêves plein la tête.

Il a passé la journée à rattraper le travail qu'il n'avait pas fait la veille. Il a galopé dans toute la ville. Il a astiqué, vérifié, dévissé, revissé, installé... il était à son rendement maximum malgré la nuit blanche. Quelquefois, il pensait à son image, et des bouffées de bonheur lui montaient dans la poitrine. Il est allé la voir en fin de journée. Il s'est approché à nouveau, mais sans subir les assauts désordonnés des émotions qui l'avaient assailli au premier contact. Il était plus serein, déjà presque familier de sa présence. Il était plein d'un amour tranquille.

Un des sourcils de son aimée semblait s'être déplacé sur son front de porcelaine, comme si elle lui reprochait silencieusement de n'être pas venu. Il lui a dit de ne pas lui en vouloir. Il lui a dit qu'il avait eu beaucoup de travail et, en plaisantant, que c'était un peu à cause d'elle. Il lui a dit qu'il allait dîner avec elle, pour se faire pardonner. Il est allé s'acheter un sandwich et une bière, et s'est assis sur le banc près d'elle. Il a mangé. Il est parti très tard. Il était épuisé, il a dormi comme un bébé.

Le lendemain, il s'est rendu compte qu'elle était dans toute la ville. Son image adorée était affichée à chaque coin de rue, sur chaque avenue. Il comprit la raison de sa moue de la veille : elle ne lui reprochait pas de ne pas être venu la visiter, elle lui en voulait de ne pas l'avoir remarquée partout où elle était. Sa jolie coquette ! C'était bien elle ! Il la reconnaissait là, sûre de sa beauté, presque arrogante, mais désorientée et perdue si on l'ignorait un instant. Et ses colères froides, silencieuses ; ses bouderies désarmantes mais apaisées par un simple geste tendre, un banal mot d'amour. Dorénavant, c'était promis, il prendrait soin d'elle à chaque seconde de ses jours, il penserait à elle à tout moment de ses nuits.

Les jours qui suivirent furent un enchantement permanent. Ils ne se quittaient plus, n'étaient jamais séparés par plus de quelques rues. Ils se croisaient, s'attardaient l'un près de l'autre. Ils échangeaient quelques mots doux à la dérobée, comme deux amants secrets. Et lorsqu'il la voyait sous sa vitre, dans le cadre de son panneau, il la nettoyait longuement. Il déployait tout son savoir-faire à la rendre plus belle encore, plus admirable encore.

Il la caressait parfois avec un peu plus de sensualité, et le plaisir naissait en eux. Il vivait avec elle. Il ne se couchait pas sans son image en tête et, au réveil, sa première pensée était pour elle. Il lui parlait tout haut devant son petit déjeuner. Il était heureux. Un bonheur intense qu'il pratiquait avec mesure. Un bonheur complet et quotidien. Un bonheur à la sauvette qu'il cultivait en expert. Un bonheur qu'il ne connaîtra jamais plus. Et il est malheureux, aujourd'hui.

Il avait pris l'habitude d'aller la voir, le matin, à l'endroit où il l'avait croisée pour la première fois. C'était devenu un rituel. Depuis environ deux semaines, tous les matins, il ne faisait rien sans être allé dans cette rue, devant ce panneau. Il la regardait en marchant, lui adressait un clin d'œil ou un sourire. Il lui disait tout bas « Bonjour, mon amour » en passant près d'elle. Quand la nuit avait été trop longue, il s'arrêtait quelques instants pour lui donner un petit coup de chiffon.

Le choc fut rude ce matin-là. Elle n'y était plus. Il mit du temps à reprendre ses esprits. Désorienté, il regarda autour de lui. Il commença à marcher, puis il courut dans la ville. À chaque endroit où il avait rencontré son aimée, il ne voyait plus qu'un vulgaire paquet de café, une stupide boîte de lessive. L'amour n'existait plus. La vérité n'existait plus. Elle avait disparu et il était nu au milieu de la ville. Il s'arrêta, à bout de souffle, et se perdit dans le gouffre de son âme.

Il erra longtemps. Il ne sait combien de temps. Il sait seulement que le jour passa. Et la nuit. Et le jour encore. Il rentra chez lui. Il dormit et dormit encore. Il resta longuement devant son café, et devant la fenêtre, et devant la télévision. Il retourna dans les rues, dormit sur les bancs. Il reçut, un matin, un appel téléphonique de la mairie. Il ne se souvient pas de la conversation, seulement qu'on lui parlait de son travail, de son absence. Il ne se souvient pas de sa réponse. Plus tard, il reçut une lettre recommandée lui disant qu'il avait perdu son travail. Et il retourna dans les rues.

Aujourd'hui, il est seul. Il dort dehors, traîne son désespoir sur les quais, vocifère sur les boulevards. Il pleure dans les squares. Il fait la manche sur les trottoirs et boit du vin rouge sous les portes cochères. Il ne lui reste rien. Seulement un espoir enfoui tout au fond : qu'elle revienne un jour. Qu'elle s'affiche à nouveau dans la ville. Qu'elle revienne, son coquelicot au bout des doigts. Et ses lèvres en cœur répondant au coquelicot.

La rivière

SAMEDI 30 SEPTEMBRE.

La maison est petite et noire. À l'intérieur, les murs suintent d'une eau noire. Je suis arrivé hier et j'ai décidé de rédiger un journal.

Je me trouve dans une pièce rectangulaire, de taille modeste. La pièce principale. Il y a une imposante cheminée qui occupe un pan de mur entier. Dans l'âtre, on pourrait introduire le tronc d'un jeune châtaignier sans difficulté. Il y a un évier qui goutte derrière mon dos. Pour faire chauffer l'eau, une marmite est suspendue dans la cheminée. Il y a un lit en fer dans une minuscule pièce à côté, et une cave en terre battue, pour conserver les aliments. Hier, j'y ai trouvé quelques pommes brunes et fripées. D'étroites fenêtres percent les murs de pierre, l'une dans la chambre et les deux autres dans la pièce principale.

J'ai acheté cette maison parce que j'en avais assez de cet hôtel hostile, de ces gens qui me regardaient de travers.

Ici, pas de notaire ou d'acte de vente. Une liasse de billets, une poignée de main, et l'affaire est faite. Je suis arrivé hier et j'ai décidé de rédiger ce journal.

Les gens du pays sont durs avec moi, probablement parce que je suis un étranger. Ils me traitent avec dédain, brutalité.

Le patron de l'hôtel lui-même m'adressait à peine la parole. Quand je venais demander mon petit déjeuner au bar, il jetait son torchon sur les robinets de bière et me tournait le dos. Il me servait en silence, ne me tendait la main que pour prendre mon argent. Je ne suis pas resté longtemps dans son hôtel. Un mois, tout au plus.

C'est fini maintenant, et j'éviterai de retourner au village.

La maison n'est pas très belle, le paysage étrange, inquiétant. Des kilomètres autour de moi, un plateau froid d'herbe jaune et de sapins pelés et serrés les uns contre les autres. Du vent, toujours dans le même sens. Un citadin comme moi se sent faible devant cette nature. Le village est à quatre kilomètres à pied.

Dimanche 1er octobre.

Aujourd'hui je me suis affairé. J'ai bien rempli ma journée. J'ai peu pensé à ma vie passée. J'ai rentré le bois qu'un type m'avait livré la veille, j'ai rangé mes provisions – principalement des conserves, du vin et de l'alcool, des fruits secs et des pommes de terre – et j'ai nettoyé la maison. Ma vie d'avant m'est venue par éclairs, pendant mes instants de repos. Alors je recommençais à m'activer.

Il a bien fallu s'arrêter, à la nuit tombée. Ça m'a repris pendant la soirée : le travail, la famille, la ville, la vie en société. C'est bizarre, c'est le dimanche qu'on pense le plus à son travail. Moi ça me faisait comme une angoisse dans le ventre, une peur du vide. Les enfants partaient se coucher, Catherine les accompagnait et c'est là que ça me prenait. J'essayais de me concentrer devant la télé, on dînait en silence devant la télé, et ça continuait à tourner dans ma tête. C'est bizarre.

Plus tard le même soir.

Je crois que c'est à cause du travail que je suis parti. Du travail et de cette vie autour. Parce qu'enfin, Catherine, je l'aimais toujours, et nos deux enfants étaient adorables. Je pense à ça et je me dis que c'est le travail et toute cette vie autour. Je vais me recoucher.

Lundi 2 octobre.

La nuit a été agitée. J'ai mal dormi. Je me suis levé avant le jour et j'ai préparé mon café. Je l'ai bu devant la cheminée. J'ai mangé des abricots secs et du pain de mie. Je regardais autour de moi. Je crois que j'ai commencé à comprendre une chose complexe. J'ai réfléchi comme on réfléchit au petit matin, sans réellement formuler. J'approchais ma timbale de café près de mon visage, pour me réchauffer. Je soufflais sur mon café, je regardais autour de moi.

J'ai passé la matinée à terminer le rangement. Je me suis reposé dans le vieux fauteuil trouvé avec la maison. Mon fauteuil, désormais.

J'ai déjeuné tard. J'ai fait chauffer une boîte de petit salé aux lentilles. Le pain me manque, il faut que j'apprenne à le faire. J'ai regagné mon fauteuil en pensant à ça.

Je n'ai rien fait de l'après-midi. Je n'ai pas bricolé, je n'ai pas lu, pas coupé de bois. Je me suis reposé d'un vrai repos. Un vrai vide, une vraie quiétude. Mes idées filaient comme la fumée des cigarettes que je roulais et allumais à intervalles réguliers. Je sentais l'odeur du Caporal et je contemplais les volutes. Je faisais des ronds de fumée. Une assez bonne journée.

La nuit est venue et je n'ai pas eu de mauvaises pensées. Rien sur le passé. Le repos, le calme. Je suis fatigué.

Demain, j'irai visiter les environs.

Mardi 3 octobre.

Je ne me suis pas beaucoup éloigné. La nature m'a paru hostile.

J'ai mis du temps à sortir de la maison, comme possédé par une crainte. J'ai hésité à refermer la porte derrière moi, à quitter la cour. Une rangée d'arbres au bord du chemin, et le plateau à perte de vue. Un vent en bourrasques, cette herbe jaune, penchée. Une herbe fatiguée, sèche et humide en même temps. Le sol pierreux ou boueux. Du marécage, par endroits. Très peu d'animaux. Un renard s'est arrêté. Il m'a regardé, les oreilles tournées vers moi. Il a filé. Un groupe d'oiseaux est passé au-dessus de ma tête. Il faisait froid. Je me suis dirigé vers un rocher à l'horizon, qui gisait comme une bête allongée entre ciel et terre, sur sa litière d'herbe jaune. J'ai grimpé jusqu'en haut. Je surplombais, je tournais lentement sur moi-même. Bien plus loin, la terre redescendait. Une forêt poussait là. Des sapins noirs, des châtaigniers, et toutes sortes d'arbres qui faisaient des lumières variées au milieu des sapins. J'ai marché jusqu'au bord de la forêt. Ça sentait le moisi, ça bruissait un peu. J'ai fait demi-tour et je suis rentré.

J'ai passé le reste de la journée au coin du feu à boire du vin rouge. Ce vent, cette nature, ces sensations revenaient en moi comme un goût de panique.

Mercredi 4 octobre.

Il a plu toute la journée. Je suis resté dans la maison sans lumière. J'ai fumé et j'ai bu du vin rouge.

Jeudi 5 octobre.

Toujours cette pluie. Même programme. J'ai tout de même essayé de lire.

Vendredi 6 octobre.

Encore cette saleté de pluie. Je tourne et je retourne depuis ce matin. Je ressens de la peur, l'inquiétude de mon passé. Qu'avais-je fait de moi ?

Je ne pense pas à aujourd'hui. Je pense à ce que j'étais il y a encore quelques mois. Ce petit homme falot, cet employé de bureau modèle qui suit le progrès, ni plus ni moins. Un père de famille installé, toujours prêt à rendre service, une situation pas prétentieuse mais stable. Un tantinet égoïste, c'est vrai ; le service, je le rendais seulement s'il ne me gâchait pas la soirée. Il faut comprendre, on vit une drôle d'époque. Sauver d'abord sa peau, celle de ses proches.

Des vacances tranquilles, en famille, au bord de la mer, dans un studio ou un bungalow qu'on avait choisi pour sa proximité avec la plage et le centre commercial.

J'avais un problème affectif avec mes enfants, mais je les aimais. Comme beaucoup d'hommes, je ne parvenais pas à exprimer ma tendresse pour eux. Je ne sais pas, un blocage. Je tentais de me lancer dans des actes démonstratifs, je ne m'en sortais pas. Une timidité, une boule dans le ventre. Et quand par extraordinaire je réussissais à me débrider, quand dans un élan de témérité je me mettais à les embrasser à grand bruit en soupirant de plaisir, ils me regardaient sans comprendre et me disaient : « Mais qu'est-ce que tu as, papa ? » Je m'en tins donc à la main passée dans les cheveux, au baiser sur le front.

Nous venions de rentrer de vacances quand je les ai quittés.

Toute la journée à traîner dans cette baraque. Je suis sale, pas rasé, j'ai l'impression que la nuit est tombée à trois heures. Je regardais par la fenêtre et il a fait noir en dix minutes.

Catherine est une femme bien. Elle est la première femme que j'ai connue. On s'est rencontré au lycée, en seconde. On s'est plu dès le premier jour. La rentrée des classes, dans la cour, une rencontre simple. On s'est plu sans passion, en confiance. Une relation rassurante. On se donnait de l'amour et de la sécurité à une époque où les jeunes perdaient leurs repères.

On a attendu la fin de l'année scolaire pour s'embrasser. C'est arrivé une dizaine de jours avant les grandes vacances. Nous nous sommes embrassés dans une rue déserte. On était heureux. Je l'ai raccompagnée chez elle, j'ai passé mon bras autour de ses épaules. On a couché ensemble à la fin de l'année suivante. Au mois de mai, lors d'un voyage en Camargue organisé par le lycée.Ça s'est passé dans le train, quelques semaines avant le bac de français.

J'ai connu d'autres femmes quand notre couple battait de l'aile. Les expériences furent décevantes.

Catherine, les enfants, le métier. Quelques amis, mes parents, ses parents. Qu'avons-nous fait de nous.

Nos enfants sur nos pas. Et nous dans le monde, à remuer, à gagner de l'argent et à le dépenser en loisirs. Une petite somme à la banque sur un compte commun, et une retraite complémentaire. Un couple raisonnable.

Il me vient une idée. Demain, j'essaierai de faire du pain.

Samedi 7 octobre

Encore une matinée de pluie. J'en ai profité pour faire du pain. J'ai essayé plusieurs fois – je m'étais levé très tôt.Je faisais cuire de la pâte dans la cheminée, sur une grille trouvée dans la cave et posée entre deux moellons au-dessus du feu. Finalement, j'ai obtenu une sorte de galette avec une croûte épaisse et une mie très dense. J'ai été satisfait du résultat. Je ferai des progrès.

Vers treize heures, le temps s'est brusquement découvert. D'un trou dans les nuages est apparu un ciel propre. Je me suis habillé, je suis sorti. J'ai aimé cette nature qui m'avait intimidé il y a quelques jours. J'ai marché droit devant moi, je regardais partout. Je me suis approché d'un village inconnu, je l'ai contourné.

Je me tenais debout sur la route, devant le panneau, et j'ai contourné le village. Une bonne centaine de maisons avec une église. Probablement deux ou trois commerces.

Je n'ai plus envie de voir les hommes. Leur parler, croiser leur regard me semble au-dessus de mes forces.

Je suis rentré affamé. Je me suis fait un copieux repas.

Le samedi soir, on se mitonnait des petits plats, avec Catherine. Les enfants jouaient et nous on était dans la cuisine. On s'affairait aux casseroles et on parlait de notre semaine, de nos problèmes. On dînait tous les quatre. C'était simple et tendre.

J'ai entamé le jambon que j'avais suspendu dans la cave. Je me suis coupé de bonnes tranches pour manger avec mon pain qui avait le goût du feu. J'ai ouvert une boîte de haricots, je les ai mis dans la poêle avec la couenne du jambon, pour graisser, et j'ai débouché une bouteille. J'ai bu mon café en lisant. Je me sentais fort.

Dimanche 8 octobre.

Ce matin, j'ai fait une chose étrange, sur un coup de tête. Je suis retourné au village que j'avais évité hier. J'y suis entré discrètement, par le cimetière. Je suis arrivé derrière l'église que j'ai contournée en rasant les murs. Il y avait un urinoir municipal sur le côté. Personne sur la place. J'ai grimpé sur le toit de l'urinoir, je me suis mis à plat ventre. C'était un emplacement idéal qui donnait sur le devant de l'église et sur la place.

À ce moment précis, il ne se passait pas grand-chose. J'entendais seulement de l'agitation dans le café. La porte s'ouvrait pour laisser passer un homme qui arrivait ou s'en allait. Ça discutait ferme, ça rigolait, aussi.

Des femmes se sont rassemblées devant l'église. Une dizaine de femmes en imperméable bleu marine ou beige, avec des foulards sur la tête. Quelques hommes, à part, parlaient entre eux. La cloche s'est ébranlée dans un bruit de mécanique, a tinté en longs coups clairs. Des hommes sont sortis du café et tout le monde s'est dirigé à petits pas vers la porte de l'église. Ils sont entrés en ordre.

Le temps est passé.

J'ai entendu des prières et des chants. J'étais seul sur mon observatoire.

J'entendais prier, et moi, j'étais seul sur mon observatoire. J'étais plein de la voix de ces gens, plein de la nature autour, de cet air vif. Ils sont sortis. Ils se sont divisés en groupes, n'ont pas quitté la place. Ils restaient, ne parvenaient pas à se séparer. J'entendais des bribes de conversations : des histoires de famille ou d'élevage. De la brume blanche sortait de leurs bouches, il faisait un froid sans vent. Les hommes croisaient les bras sur leur torse ou roulaient des cigarettes, les femmes ajustaient leurs foulards. Ils étaient en paix.

J'ai attendu que la place se vide. Je suis parti comme j'étais arrivé. J'ai marché. J'ai marché au hasard. Je ressentais le plaisir de la marche, dans ma poitrine, dans mes jambes. Je revoyais ces gens réunis sur la place. Qui ont prié, ont chanté. Ma tête était encombrée de ces gens, mon âme m'emplissait le torse.

Des nuages sont apparus à l'horizon. Ont progressé, compacts, lourds. Ont couvert les arbres et la nature, les hommes. La pluie s'est mise à tomber. Je suis rentré sous la pluie. L'odeur de la pluie.

Dans la nuit.

Je me suis levé. Je n'arrive pas à dormir. J'étais dans mon lit, j'écoutais la pluie. La pluie tombait sans discontinuer. J'entendais le sol se gorger de pluie. L'odeur de la terre me parvenait du dehors. J'étais dans un état entre le sommeil et l'éveil, l'état où les images se superposent sans se bousculer. C'étaient des images de visages sur la place. Ce matin, dimanche matin. Des hommes et des femmes entre eux, réunis par leur croyance et des préoccupations identiques.

La terre et l'eau. Des ruelles percent les quatre coins de la place. Ruelles pavées, ruelles étroites et sinueuses. Les silhouettes, mal définies, s'éloignent, se dispersent, et disparaissent.

Les pavés gris de ces rues. L'empreinte des pavés.

Les visages se pressent devant moi, s'approchent de moi. Les visages me regardent, se pressent, prononcent des mots. Les bouches bruissent, les visages se regardent et se tournent à nouveau vers moi. Les sourcils se lèvent, des doigts viennent gratter les tempes. Des fronts se plissent et des lèvres se pincent. Les visages se détournent.

Lundi 23 octobre.

Deux semaines que je n'ai pas touché ce journal. J'étais trop occupé.

L'autre soir, j'étais abruti de sommeil. Je ne m'en apercevais pas. Ma tête dodelinait au-dessus de la page. J'ai bouché mon stylo. J'ai réussi à regagner ma chambre. Je titubais comme un ivrogne.

Je me suis réveillé tard dans la matinée. Le soleil visitait la chambre par les interstices des volets. Un doux soleil d'automne. Un beau soleil roux, des rayons francs, toniques, lancés au travers de la pièce. Une colonie innombrable de grains de poussière pétillant de multiples lumières. J'étais plein d'une énergie neuve.

Je suis sorti. Sur le perron, j'ai regardé mon jardin laissé à l'abandon. De la mauvaise herbe, couchée, détrempée ; un portail en bois à demi affaissé ; des arbustes sauvages, échevelés. Je me suis dit qu'avec beaucoup de travail, je pourrais en faire un endroit agréable. J'ai pensé à l'avenir, au printemps. J'ai pensé que je pourrais passer de longs moments de repos dans ce jardin.

J'ai décapé les volets et la porte, j'ai arraché l'herbe, j'ai bêché la terre. J'ai parcouru la lande. J'y ai trouvé de larges pierres blanches et plates. J'ai aménagé un chemin du perron au portail. Je me suis dit qu'il me faudrait de la peinture pour le portail, des bulbes et des boutures pour le jardin.

J'ai visité les maisons alentour, en l'absence des propriétaires. Je marchais des kilomètres, je trouvais une maison et je planquais jusqu'au milieu de l'après-midi. Quand j'étais sûr de mon coup, je me faufilais en silence jusqu'à la remise. Je dérobais peu, par précaution. Je découvris quelques pots d'une belle peinture bleu pâle. J'en jubilais.

J'ai volé car j'ai décidé de ne plus fréquenter les hommes.

J'ai sillonné le pays, marché, couru, sur des distances incalculables.

Une fois, j'ai été surpris par la nuit. J'ai décidé de dormir sur place. Je me suis installé dans une clairière au milieu des bois. J'ai confectionné un feu tant bien que mal.

La forêt la nuit. Les sons, la vie de la nuit. Toutes sortes de créatures s'activaient, de la plus grande à la plus petite. J'étais attentif, je n'avais pas peur. Je me laissais prendre par la forêt. J'avais l'impression d'être une souche millénaire, figée là pour toujours, accomplissant la tâche indispensable et modeste de tenir sa place au sein du grand brouhaha.

J'ai renouvelé l'expérience à deux reprises. La nature ne m'impressionne plus, elle m'est devenue familière.

Deux semaines entières, un travail du matin au soir. Parfois, quand je m'accordais une pause, je repensais à ma vie d'avant. Catherine et les enfants.

Ils reconstruisent aussi de leur côté. Il bâtissent une nouvelle vie, différente de la mienne. Ils prennent les choses en main à leur façon, apportent une autre pierre à l'édifice, avec courage. J'étais fier d'eux. J'avais envie de montrer ce que je faisais à Catherine, de m'intéresser à ce qu'elle faisait. J'aurais aimé lui parler, la consoler et lui donner des forces. Je regardais mon jardin et je me remettais à l'ouvrage.

Ce soir, j'ai terminé. J'ai cassé ma montre il y a quelques jours, mais je suis à peu près persuadé que nous sommes le 23 octobre. Je ne sais pas quelle heure il est, il fait nuit noire depuis très longtemps. Je vais me préparer à dîner. Je lirai et je dormirai. Je vais me reposer, je m'attaquerai à l'intérieur de la maison d'ici un jour ou deux. Décrasser les sols, brosser les murs, repeindre peut-être. Je verrai ça demain ou après-demain.

Mardi 24 octobre.

Aujourd'hui, rien fait.

J'ai essayé de me reposer. Mon corps a réussi à prendre du repos, mais mon esprit s'est échauffé tout au long de la journée. Je cherchais à comprendre ce qui m'avait amené là. Pourquoi suis-je dans cette situation ? Cette question est sans réponse. J'éprouve un insondable sentiment d'échec. Ce qui hier me semblait limpide, est devenu trouble comme la boue devant mon portail. J'ai longuement contemplé cette flaque de boue. Elle m'a purgé le cerveau.

Catherine est une femme admirable, et ravissante. Les enfants sont brillants et drôles. J'ai quitté cette vie que beaucoup auraient considérée comme une pleine réussite. J'ai fui dans ce trou. Je n'ai pas réussi à m'intégrer à ces gens et me voilà entre ces murs tordus, à ruminer ma médiocrité.

J'ai contemplé la flaque de boue. Une heure au moins. Les nuages passaient à l'envers, dans la flaque. C'était le même spectacle, mais plus terne, et en deux dimensions. Beaucoup plus émouvant. Et avec d'autres frémissements, l'ajout d'une autre palpitation.

À la fin, je me suis agenouillé devant la flaque. Je l'ai effleurée de mes doigts. J'ai posé mes mains de chaque côté, j'ai approché mon visage. J'ai vu mon visage, j'ai approché encore. J'ai baigné mon visage dans la flaque de boue.

Mercredi 25 octobre.

Il a plu par intermittence. J'ai bricolé à l'intérieur, sans grand intérêt. La tête ailleurs, des pensées morbides, je ne sais pas dire. Le sentiment d'être une personne en creux, définie par le manque.

Quel gâchis.

Jeudi 26 octobre.

J'ai passé la journée à boire du vin rouge en examinant les aspérités des murs. J'ai palpé les murs de mes doigts. J'ai détaillé la moindre fissure. Je me suis mis pieds nus. Le sol est froid, irrégulier. À un moment donné de l'après-midi, je suis sorti. Je suis resté sur le perron. Un crépuscule apocalyptique. Des nuages lourds se bousculaient au milieu d'éclairs oranges et mauves. Effrayant, fascinant.

J'ai constaté que je me nourris de moins en moins.

Vendredi 27 octobre.

Je suis resté toute la journée dans mon fauteuil. Je m'étais fixé cet objectif, je l'ai tenu. Je suis resté sans bouger, toute la journée. Il y a eu une période difficile, au bout de deux ou trois heures, et puis je me suis laissé aller. J'étais éveillé, pas une seconde d'assoupissement, ça faisait partie de l'exercice. J'ai cru me fondre dans le cuir du fauteuil, dans les murs, disparaître physiquement. J'ai vaguement eu peur, puis la peur a disparu pour laisser place au vide. Un vide réel et nu. Une âme anéantie. Le silence n'existe pas.

À part ça, rien.

Dimanche 29 octobre.

Je répète l'exercice depuis trois jours. Je n'ai jamais

vécu de moments aussi intenses que ces périodes de non-être. Je suis traversé par les vibrations de la maison et, au-delà, par des ondes telluriques indescriptibles. J'ai presque peur de l'écrire. Je crois que j'ai atteint un autre niveau de conscience. Je crois que le manque de nourriture me rend plus lucide.

Dans la nuit.

Dès demain matin, je me remets au travail. Je crains d'aller trop loin.

Le 8 novembre (?)

Cela fait plus d'un mois que je n'ai pas parlé à un homme. Je me parle à moi-même, j'ai parlé à des animaux. À un homme, non.

Je n'ai pas écrit car j'étais dehors. J'ai frôlé la mort.

Je ne me souviens pas de tout. J'ai le souvenir de lumières étranges et de sons délirants. J'ai dû perdre la raison.

Il y eut un matin pesant où tout se mélangeait.

J'étais dans le jardin. Les éléments se bousculaient, roulaient les uns contre les autres dans une rotation sourde et chaotique. Six chevaux sont passés au loin. Ils galopaient, et malgré la distance, je pouvais distinguer chacun de leurs muscles et les filets de bave s'échappant de leurs bouches. Leurs sabots martelaient la terre et ils étaient suivis par des oiseaux noirs au vol tournoyant.

Quelque chose se produisit, je crois, à cet instant précis. Des connexions inhabituelles, deux explosions infimes dans mon crâne. Je sais que mes jambes ont fonctionné, m'ont dirigé vers le plateau. La suite est confuse. Je me rappelle un plateau envahi de nuages. Je me rappelle un orage surhumain, moi au milieu, défiant le monde. Je me rappelle l'épuisement, et de furieuses courses parmi les arbres. Des nuits recroquevillé sous un tapis de feuilles mortes ou dans le creux d'un tronc. Le vague étonnement, au petit matin, d'être encore en vie. Des chasses à mains nues, des rites inventés de toutes pièces. Le fou rire et l'angoisse alternés. La découverte d'une grotte souterraine. L'infinie variété des mousses tapissant la roche, et des fougères près des rivières. La beauté enivrante d'une rivière dans la forêt.

Je me suis réveillé au beau milieu d'une vaste étendue enneigée. J'étais à moitié couvert de neige. Les vêtements trempés, je grelottais. J'avais de la fièvre. J'avais quelque chose en plus, à l'intérieur. J'ai marché. J'étais fatigué, j'ai marché en me fiant à mes sens. J'ai retrouvé la maison, je ne sais comment. J'ai fait du feu. J'ai fait bouillir de l'eau. Je me suis lavé avec cette eau qui me brûlait, et je suis resté devant le feu.

J'ai regardé par la fenêtre.

Je me suis endormi dans mon fauteuil.

Le 10 novembre (?)

Je ne connais plus l'heure et je ne suis plus sûr de la date. Je vais continuer à noter les dates. Cela me rassure.

J'ai de la fièvre. J'ai tout de même décidé de me remettre au travail. Je ne dois plus rester oisif. J'ai fait une liste des tâches à accomplir. Je commence demain.

Dehors, la neige a tenu, par endroits. Il s'est remis à pleuvoir en fin d'après-midi. Il n'y aura plus de neige demain.

Le 11 novembre.

Il n'y a plus de neige. J'ai pris mon café au lever du jour, en regardant par la fenêtre. Je me sentais chez-moi, tranquille, normal.

J'ai passé la journée à décrasser la chambre. Après avoir avalé quelques abricots sec, j'ai sorti le lit et l'armoire. J'ai commencé par frotter le plafond, perché sur une chaise, puis les murs, puis les sols. Avec une brosse, un seau d'eau et un pain de savon. J'ai eu chaud, j'ai transpiré, ça m'a fait du bien.

J'ai passé la soirée à observer les crevasses sur mes mains.

Le 12 novembre.

J'ai bientôt fini d'astiquer la pièce principale. Je dois penser à ramoner la cheminée.

Je m'aperçois que je ne m'alimente presque plus. Je n'en ai plus besoin. Je suis léger comme un souffle.

Le 13 novembre.

J'ai terminé la pièce principale, repoussé les meubles à leur place. Je contemple le résultat de mon travail assis dans mon fauteuil. Je suis content d'avoir fait ça.

Demain, je reprendrai mes escapades pour trouver de la peinture et des outils. Je crois me souvenir d'une ou deux maisons particulièrement bien équipées. L'idée de reprendre mes rapines me met en joie.

Le 14 novembre.

Je suis retourné vers la maison où j'avais dérobé cette peinture bleu ciel d'un si bel effet. J'avais le souvenir d'un garage garni d'outils de qualité.

J'ai rempli une bouteille d'eau que j'ai fourrée dans mon sac à dos. J'ai pris la route en début de matinée. Au bout d'environ deux heures et après quelques tâtonnements, j'ai retrouvé l'endroit.

Tout était calme. J'attendis, les sens en éveil. Quand je fus certain d'être seul, je me découvris. Je m'approchai de la baraque au trésor, et ce que je vis me fit éclater de rire. Les propriétaires avaient posé un ridicule cadenas sur une porte constituée de planches pourries et mal ajustées. En bons paysans, ils avaient pensé que la simple affirmation de leur propriété suffirait à décourager les cambrioleurs. Les naïfs ! Je fis sauter la porte en trois coups de pied, entre deux éclats de rire.

Ce que je trouvai dépassait mes espérances. Des outils de toutes tailles – neufs pour la plupart –, de la corde en parfait état, et au fond, des pots de peinture de couleurs vives. Idéal pour égayer l'intérieur de la maison. Il ne me restait plus qu'à faire mon choix. Je bourrai mon sac du rouleau de corde, d'un rabot, de différents outils et d'un pot de peinture rouge. Je me l'accrochai aux épaules et je raflai deux autres pots de peinture – un vert et un jaune.

Le retour m'a demandé du temps et des efforts. J'ai soufflé, j'ai trébuché, mais j'ai bien rigolé.

En arrivant, j'ai disposé mon butin sur la table, selon un harmonieux ordonnancement. J'ai contemplé cette nature morte sous tous ses angles. Je souriais. J'ai pensé à Catherine, elle qui se moquait de mon manque de débrouillardise.

Catherine disait que c'était elle qui s'occupait de tout, à la maison. Le bricolage, la plomberie, elle disait que je n'étais même pas capable de planter un clou. Elle en riait.

Famille est un mot noble.

Le 17 novembre.

Je me suis pris au jeu.

À la suite de mon escapade, il ne me manquait que deux ou trois bricoles. Je pensais qu'une journée suffirait, mais je me suis pris au jeu.

Je suis parti le premier matin, le cœur léger, sûr de mes découvertes. J'avais raison. Je trouvai rapidement les accessoires manquants dans le garage d'une ferme. Excité par mon succès, je m'approchai de l'habitation elle-même. Pas de chien, pas un bruit. Je brisai une vitre. J'écoutai, j'entrai par la fenêtre. C'était à moi, tout était à moi ! Les objets autant que l'intimité des propriétaires. Tout était à moi. Je visitai tranquillement chaque pièce, chaque armoire, chaque placard. Des odeurs de naphtaline et de cire. Pris d'un enthousiasme soudain, je me mis à sauter sur le grand lit des darons. Un grand lit propre, couvert de dentelle. Je sautais, je sautais, je touchais le plafond avec mes mains. Je maculais le couvre-lit de boue, et cela me ravissait.

Je détalai, non sans avoir piqué un paquet de tabac, un bocal de fruits et une bouteille d'eau-de-vie. Je courus jusqu'à tomber face contre terre, heureux, à bout de souffle.

Dans une cave, je trouvai des pommes. J'en dévorai dix au moins. Elles étaient bonnes, elles étaient acides, insoumises. Je pris la fuite en laissant le sol jonché de trognons.

Je passai la nuit caché sous le surplomb d'un rocher.
Je continuai le lendemain. J'approchai d'un hameau avec prudence. Désert également. Tous au boulot ou au bistro. Je me servis dans une cave, de l'alcool et du vin. Je pris du linge à un étendage, je pris aussi la corde à linge.

Je revins le soir à la maison. J'étais trop chargé, trop fatigué pour continuer. Je m'affalai sur le fauteuil et m'endormis dans la seconde.

Aux premières lueurs du jour, je sautai sur mes jambes et repris ma course folle.

J'ai visité trois autres maisons, dérobé des babioles inutiles, feuilleté des livres de messe et bu du cidre au goulot.
Me voilà ce soir, calmé, détendu.

Le 25 novembre.

Quand je suis dehors, pour me souvenir de la date, je mets chaque matin un gravier dans ma poche.

Huit jours de cavalcade. J'ai volé n'importe quoi. L'indispensable et l'inutile. De la nourriture, de l'alcool, un baromètre, des chaussettes, une poupée à visage de porcelaine, une radio hors d'usage, un jeu de grosses clés rouillées, une pendule, un rateau, une bouilloire, et bien d'autres objets parsemant maintenant la table et le sol de ma petite maison. Je ne rentrais que pour vider mon sac. En huit jours, je ne suis venu que quatre fois, et j'ai toujours dormi dehors.

J'ai galopé sur des distances incalculables. Je ne pèse plus rien, je flotte comme une ombre. Mes muscles sont secs, aiguisés ; je peux porter des charges considérables. Mon agilité et ma force n'ont d'égal que ma lucidité. Je pressens les événements. Je vois tout, j'entends tout. Mon odorat s'affine.

On m'a lâché un chien, je l'ai semé avec aisance. Un vieux m'a couru après. Il a tiré des coups de fusil, le vieux. Mais je m'en fous, je vole par-dessus les haies.

Je ne me suis jamais senti aussi bien.

Le 29 novembre.

Je vais devoir suspendre le cours de mes aventures car il a neigé la nuit dernière. Une épaisse couche de neige, je l'ai découverte ce matin en me levant. Heureusement, j'ai dormi dans la maison.

Je suis rentré hier d'une virée de trois jours. Il faisait noir depuis longtemps. La neige est tombée aussitôt après. Je suis resté toute la soirée derrière ma fenêtre, à regarder les flocons s'amasser en silence dans la nuit. Je ne m'étais pas alimenté depuis trois jours. J'ai ouvert une boîte de sardines que j'ai mangées debout, derrière la fenêtre.

J'ai bu de l'eau-de-vie au goulot.

Je me suis endormi dans mon fauteuil.

Ce matin, en me levant, j'ai vu le paysage blanc, l'horizon blanc. La nature blanche et les squelettes tordus des arbres, qui se découpaient si distinctement, comme faisant des signes immobiles, figés dans le froid. J'ai ressenti de la tristesse en me disant que mes escapades s'achevaient là. L'hiver était arrivé. Ensuite, j'ai trouvé ça beau. J'ai fait du feu.

Je suis allé me promener, cet après-midi. Une longue balade, les mains dans les poches. J'ai découvert le cadavre d'un renard au milieu d'une clairière. Sur le flanc, comme fauché en pleine course. Il avait la langue gelée, de la neige dans la gueule, le pelage taché de neige.

Le 30 novembre.

Le froid s'est abattu à la vitesse d'une lame. Je suis sorti, mais je n'ai pas pu rester dehors. Un vent à vous rendre fou.

Je me suis enfermé, devant un bon feu. J'ai lu, j'ai laissé errer mes pensées au gré des flammes.

Nous avons eu un beau mariage. Après quelques années d'études et de bohème, nous avons décidé de nous marier. Je me souviens, c'est Catherine qui m'a demandé. C'était une soirée de nouvel an, chez des amis. Nous étions une vingtaine d'étudiants, réunis par un cursus commun et une même conception lisse de l'existence. Nous finissions de nous embrasser, Catherine et moi, au milieu des autres, et Catherine m'a demandé en mariage. J'ai répondu oui. J'ai dit que c'était une bonne idée. J'étais soulagé de ne pas avoir à accomplir la démarche moi-même. Elle a paru heureuse de ma réponse.

L'événement s'est déroulé comme prévu. La famille était joyeuse, tout le monde a dansé en fin de soirée. Catherine était jolie dans sa robe blanche. Elle a reçu les compliments avec fierté et une pointe de rouge aux joues. Nos parents avaient pris en main la cérémonie, le dîner et la fête. J'ai trouvé qu'ils s'en étaient bien tirés.

J'ai renversé mon verre de vin sur ma cravate. Catherine s'est moquée de moi.

Des enfants jouaient parmi les adultes. Certains se trémoussaient sur la musique, entre eux, ou avec leur mère. Les plus grands eurent droit à un peu de champagne.

Nous partîmes avant la fin, rejoindre une chambre réservée dans l'hôtel voisin.

Le 1er décembre.

Nous n'avons pas fait de voyage de noce. Nous étions fauchés et nous avions nos examens quelques semaines plus tard. Nous sommes retournés dans notre deux-pièces, ranger les draps, taies d'oreiller, services de table et autre électroménager dont nous étions désormais amplement pourvus.

Je me sentais rassuré, dans cet appartement équipé. Rassuré et plein de quelque chose de difficilement définissable. Je me sentais à l'abri du besoin, engagé sur une longue ligne droite sans danger. Pas le bonheur, juste l'absence de souffrance.

J'ai renâclé à sortir de chez moi pendant les mois qui suivirent. Catherine essayait tous les soirs de me faire sortir. Elle me disait que nous étions jeunes, que c'était le moment de nous amuser. Elle me disait que la nuit était douce, qu'on serait bien dehors. Je cédais parfois.

Nous avons tout de suite essayé de faire un enfant. Nous disions que nous aimions les enfants. Ils mirent longtemps à venir. De longues années d'attente.

Le 2 décembre.

Enfin, Paul arriva. Et ce fut Marie, deux ans plus tard. Catherine était belle et tranquille durant ses grossesses. Rebondie, douce et ronde. Elle riait d'un rire aimant, paisible. Elle portait l'univers en elle. Je ne l'ai jamais autant aimée que pendant ces moments-là.

Aujourd'hui je suis sale dans mon antre, et les enfants ont grandi.

Le froid est de plus en plus intense. Tout à l'heure, j'ai cloué un thermomètre au tronc d'un arbre, dans la cour. Je suis allé le voir, il indiquait -13°C.

J'ai réussi à obtenir une bonne chaleur dans la pièce principale, grâce au feu que je nourris sans cesse. Dans la chambre, les vitres gèlent en pleine nuit. Je dors peu, je ne me nourris quasiment pas.

J'ai fait de l'ordre. J'ai rangé le produit de mes vols dans la cave et le placard de la chambre. Dans la pièce principale, je n'ai conservé que l'indispensable. Une table, deux chaises et mon fauteuil. J'avais besoin de dépouillement.

Le 6 décembre.

J'ai repris, depuis quelques jours, mes séances de contemplation. Je me suis installé un matin, les mains à plat sur les accoudoirs de cuir craquelé. Sous mes paumes, le cuir faisait comme des canyons ou des rivières asséchées. Comme le système veineux, exsangue, d'un écorché de laboratoire. Mes coudes étaient pliés à angle droit, mes bras remontaient verticalement. Le dos droit, le cou en ligne droite et la tête droite. Le regard fixe.

Je ne regardais pas devant moi, j'étais occupé à parcourir l'intérieur de mon corps. J'explorais chaque parcelle de chair, chaque nerf, chaque centimètre d'os. Je m'extasiais de cet agencement, de ce fonctionnement et de l'activité y régnant malgré mon immobilité. Je visitais mes organes pour les survoler quelques instants plus tard, comme on survole un massif montagneux.

Quand je recouvrai la vue, je m'aperçus qu'il faisait nuit noire. Je perdis pied quelques instants. Je sortis prendre l'air dans la neige aveuglante. Je ramassai une poignée de neige et me l'appliquai sur le visage.

Je passai la nuit éveillé, devant une tasse de café. J'étais surexcité. J'ai recommencé dès le matin.

Une fois, je suis resté je ne sais combien de temps allongé dans la neige. J'étais d'une lucidité effrayante. Je me suis levé et j'ai observé l'empreinte de mon corps.

Le 7 décembre.

Quelques années. Trois ou quatre ans de liberté. Nos années d'études furent les seules années durant lesquelles nous nous sommes sentis maîtres de notre destin. Et si proches l'un de l'autre. Nous les appelions nos années de bohème.

Cette désignation était pour le moins exagérée, car en fait de bohème, nous recevions tous les deux un chèque mensuel de nos parents, et habitions chacun dans un studio du centre-ville, quand d'autres étudiants occupaient ces tristes chambres de campus. Plus tard, nous emménageâmes dans notre deux-pièces, modeste mais ensoleillé.

Il nous arrivait de prendre un travail d'appoint, mais c'était pour arrondir les fins de mois et goûter au monde de l'entreprise, plutôt que par réelle nécessité.

Nos amitiés étaient fraîches et nos fêtes, nos soirées, embaumaient le whisky-coca, le Malibu et le tabac blond. Nous étions capables de plaisanteries insensées. Nous dansions, innocents, inoffensifs, sur les planchers de la réussite.

Nos aînés nous avaient tracé le chemin. Nos parents nous avaient construit une société simple, où le méritant trouvait sa place, où l'élu gagnait ; où le rebelle, le dangereux était implacablement mis à l'écart. Intégré ou désintégré.

Alors nous profitions de cet espace d'insouciance aménagé par la communauté, avant d'entrer dans l'âge adulte par la porte du mariage ou du travail.

Pour nous, ce fut le mariage.

Un défaut physique mineur et un ami de mon père me firent exempter du service militaire, il ne me restait plus qu'à passer la bague au doigt de Catherine.

Le 8 décembre.

Nous n'entretenions pas de passions immodérées, nous étions des êtres raisonnables et nous habillions de manière plutôt classique. Mais nous aimions réellement l'existence ! Nos amis nous faisaient rire et nous étions curieux du monde… Alors, qu'est ce qui a bien pu nous plonger dans cette apathie ?

Je me suis posé la question toute la journée en repeignant les portes et les volets. J'ai peint en jaune. L'intérieur et l'extérieur. Ça fait bizarre, mais ce n'est pas désagréable. Catherine n'aimerait pas, j'en suis sûr.

Le 10 décembre.

Hier, j'ai commencé par ramoner la cheminée. J'ai attaché une grosse pierre au bout de la corde à linge et je suis monté sur le toit. Il faisait très froid (-16°C à mon thermomètre), le jour se levait. J'ai calé une échelle et j'ai grimpé. Le toit est pentu, j'ai failli tomber au moins une douzaine de fois. J'ai descendu et remonté la pierre à plusieurs reprises. Ensuite, de l'âtre, j'ai frotté les parois intérieures avec une brosse accrochée à un manche de pioche (j'avais pris soin d'éteindre le feu la veille au soir). J'étais noir de la tête aux pieds.

J'ai allumé un nouveau feu et j'ai fait bouillir de l'eau que j'ai versée dans une large bassine de fer blanc. Je m'y suis lavé, entièrement nu. J'avais l'impression d'être un gamin, un petit ramoneur du début du siècle. J'ai beaucoup ri.

Je me suis installé dans mon fauteuil. Je regardais tranquillement le plafond en buvant du vin rouge, sans penser à rien.

Une idée m'est venue. Je me suis levé d'un bond et je suis allé récupérer un pot de peinture bleue dans la cave. J'ai peint le plafond des deux pièces en bleu. C'est magnifique !

Ça m'a pris du temps, j'ai terminé au début de la nuit.

Je me suis endormi sur le matelas, sans même me déshabiller.

Je viens de me réveiller. L'horizon rosit. Il fait un temps splendide et glacial.

Fin d'après midi.

J'ai somnolé. J'ai marché dans la nature, dans le froid de la nature. Je suis rentré, j'ai observé mes plafonds. J'étais ravi. Je pense que je vais peindre des étoiles sur le plafond de la chambre, et des nuages sur celui de la pièce principale.

Le 13 décembre.

C'est terminé. Je me suis appliqué, j'ai peiné, mais je ne regrette pas. Le plafond de la chambre scintille d'étoiles plus vraies que nature. Quant au plafond de la grande pièce, il est traversé de petits cumulus, mignons et dodus. Je me suis longuement promené entre les deux pièces, le nez en l'air, un verre de vin à la main. Un enchantement !

Le 16 décembre.

Quand j'étais enfant, je passais mes vacances d'été à la campagne, chez une cousine éloignée. Il y avait là-bas un vieil homme, petit et maigre, qui passait ses journées à plaisanter. Il avait une énergie folle, travaillait comme trois, malgré sa maigreur. On disait qu'il avait quatre-vingt-cinq ans. On disait qu'il buvait six litres de vin par jour, et au moins un demi-litre de gnôle. Il m'amusait. Je l'aimais comme un personnage de dessins animés. Je ne sais pas à quel âge il est mort. Je ne suis même pas certain qu'il soit réellement mort. Je l'ai oublié, c'est tout. Je me suis souvenu de lui un jour, sans raison. Je devais avoir vingt-deux ou vingt-trois ans. Il s'appelait Saturnin.

Je bois trop. Je passe mes journées à boire. J'ingurgite en liquide ce que je ne prends pas en solide. Il paraît que les vignerons se nourrissaient de vin, dans les temps anciens.

Le 17 décembre.

Depuis que je l'ai vu, je suis hanté par ce renard mort. A-t-il vraiment été abattu en pleine course ? Il n'y avait pas de trace de sang sur son pelage, ni sur la neige. Le froid est-il tombé si brutalement qu'il a tué des animaux sur le coup ? Son âme éprise de vitesse s'est-elle séparée de son corps ?

L'autre soir, dans mon lit, je me suis surpris à lui adresser une prière. Mes lèvres murmuraient des mots incompréhensibles, sous le plafond étoilé de ma chambre.

Le 23 décembre.

Je suis satisfait. Je baigne dans un bonheur presque béat.

J'ai passé ces derniers jours à peindre. Après avoir poncé ces vieux parquets mal joints, j'ai peint les sols en vert. Un très beau vert tendre, les parquets de la chambre et de la pièce principale. Ensuite, j'ai trouvé que c'était beau, mais monotone. Alors j'ai ajouté des fleurs. J'ai peint des petites fleurs multicolores, blanches et jaunes et rouges. J'ai beaucoup réfléchi sur mon fauteuil et je me suis remis au travail. J'ai peint une espèce d'allée de pierres plates, allant du fauteuil à la cheminée. J'ai continué. J'ai peint l'embrasure des fenêtres de couleur lavande. La table en rose, une chaise en orange et l'autre en jaune, avec des frises vertes au bas de chaque pied, comme si le tout était posé sur l'herbe. C'est du plus bel effet. Les murs ont été badigeonnés de couleurs diverses, au hasard des pierres apparentes. Ça sent fort, j'ai la tête qui tourne.

Les fenêtres sont ouvertes depuis le début des travaux. Je suis vêtu de plusieurs couches de pulls, deux pantalons, une veste, un anorak et des gants. Je bois de l'eau-de-vie pour me réchauffer, j'ai mon bonnet de laine planté jusqu'aux oreilles.

Très tard dans la nuit.

Je me suis réveillé pelotonné dans mon fauteuil.

J'avais les talons coincés sous les fesses, et la bouteille entre les jambes. Mes dents serraient le bouchon de liège, j'en avais mal aux mâchoires. C'est le souvenir de mes enfants qui m'a réveillé. Comme s'ils m'appelaient.

En allant fermer les fenêtres, je n'ai pas pu m'empêcher de jeter un œil dehors.

Je grelotte, mais je ne pense pas avoir de fièvre.

Je suis plus fort que jamais. Je vais me coucher dans mon lit.

Le 24 décembre.

Je me suis levé tout à l'heure. J'ai bien dormi, d'un sommeil profond. Longtemps je crois. Il faisait grand jour. J'ai traîné au lit.

J'ai décidé de prendre un petit déjeuner. Je me suis attablé et j'ai eu l'impression de manger dans un jardin. Décidément, c'est une bonne idée, que j'ai eue là.

J'ai repensé au renard mort.

Le 26 décembre.

Noël est passé et je ne m'en suis pas aperçu.

Hier, j'ai trouvé deux paquets de tabac dans mes

affaires. Cela m'a fait plaisir, mais je n'ai pas pensé à Noël. Je me suis roulé des cigarettes dans mon fauteuil, dans mon lit, devant la cheminée. Je suis sorti fumer des cigarettes dans le froid. Je n'avais pas fumé depuis si longtemps ! Cela me faisait plaisir, mais je n'ai pas pensé à Noël.

J'espère que Catherine a offert de beaux cadeaux à nos beaux enfants.

Le 27 décembre.

Catherine vécut difficilement sa première année de chômage. Elle fut chassée avec brutalité par une lettre venant du siège social de son entreprise, portant la signature d'un patron qu'elle n'avait jamais rencontré. Les enfants n'étaient pas encore là, et j'occupais depuis peu un poste prenant, à défaut d'être passionnant.

Les semaines passèrent. Catherine rédigea des lettres de candidature, se rendit à des entretiens, changea de coiffure, suivit une formation à divers logiciels, mais rien n'y fit. Au bout de quelques mois, elle baissa les bras et sombra dans la déprime. Je lui disais que j'étais fier de ses efforts, qu'ils porteraient bientôt leurs fruits et qu'elle ne devait pas se décourager. Elle me répondait que cela ne servait à rien, que ses échecs étaient la preuve de son incompétence. Elle se sentait nulle et moche, même pas bonne à faire des gosses. Elle s'enferma dans une certitude quasi mutique de sa médiocrité. J'essayais de la faire parler, mais elle ne parlait pas. Après m'avoir raconté sa journée en trois phrases, elle se taisait, prenait un magazine ou regardait par la fenêtre.

Elle disait : Je n'ai même pas fait le ménage. Avec tout le temps dont je dispose, tu te rends compte ?

Ou bien : Le primeur a encore réussi à me fourguer ses poires blettes. J'ai décidé de ne plus mettre ma photo sur les CV.

De rares fois, son visage s'illuminait. Elle me parlait de tout laisser tomber, de partir à l'aventure ou de retaper un vieux bistrot en Lozère. Je me réjouissais de ses projets, il m'arrivait même d'en rajouter, pour lui faire plaisir. Mais je ne prenais pas ses propositions au sérieux, et elles ne dépassèrent jamais le stade de la conversation.

C'est dommage. Je crois que nous avons raté un événement important, la découverte de notre véritable place dans le monde, sans doute.

Et puis Catherine fut enceinte de Paul et les choses rentrèrent dans l'ordre. Catherine se familiarisa à son rôle de maman avec succès et se construisit sa personnalité de femme. Elle prit un nouvel emploi quelques mois après la naissance de Marie.

Le 28 décembre.

Dehors, il fait un froid inhumain. Les arbres craquent au milieu du silence. Chez moi, il fait chaud. Il fait bon, et mon intérieur ressemble à un paysage printannier.

Le 29 décembre.

Ce matin, en me levant, j'ai décidé de faire du café et il s'est produit une chose étrange. J'étais assis sur la chaise orange, devant mon bol fumant, et il s'est produit une chose étrange. Des visages ont commencé à défiler dans ma tête. Une foule de visages. D'abord très lentement, et puis de plus en plus vite. Et puis à toute vitesse. Des visages immobiles qui se succédaient comme des diapositives en accéléré. Certains posaient devant un décor succinct – un arbre ou une porte cochère –, d'autres étaient affichés sur un fond neutre. Certains étaient impassibles, sans la moindre mimique ; d'autres étaient figés dans une expression plus ou moins comique, plus ou moins élégante. J'en reconnaissais certains furtivement. J'apercevais même quelques proches, amis ou famille. Mais la plupart m'étaient parfaitement étrangers.

La succession de clichés atteignit un rythme vertigineux. J'étais hypnotisé, je ne parvenais plus à bouger, j'avais mal à la nuque. Je fixais alternativement les bouches, les mentons, les fronts, les yeux. Je prenais chacune de ces images comme une décharge électrique, avec son intensité, sa lumière propre.

Et le rythme diminua progressivement. Je parvins à nouveau à respirer. Et, petit à petit, la projection redevint lente, agréable. Je me surpris, après un temps, à adresser un sourire ou un geste de salut à quelques-unes des têtes les plus sympathiques. Et tout cessa d'un coup. Je pus revoir la fenêtre et l'aube qui blanchissait le ciel et ternissait la neige.

Je pris une gorgée de café. Il était froid.

Quand j'étais enfant, je savais choisir mes rêves. Après que maman m'eut embrassé, je restais allongé dans mon lit, sous mes couvertures. Je fermais les yeux le plus fort possible, ensuite, je détendais les paupières. Et je laissais filer les images, les histoires, le temps de me faire une opinion. Lorsque je décidais de changer de rêve, je voyais une large étendue de billes de verre et de plomb passer devant moi. Ou plutôt, je survolais cette étendue, en silence.

Mon autre distraction nocturne était d'identifier le moment précis où je m'endormais. Ce moment où tout bascule, entre le réel et l'iréel, j'essayais de le saisir comme on se saisit d'un papillon. Délicatement, entre deux doigts. Rester lucide jusqu'au dernier instant, pour assister au passage de la frontière mystérieuse. Vaincre le sommeil, non pas en le combattant, mais en le maîtrisant pour mieux en jouir.

Je dormais bien. Je rêvais en couleurs.

Le 30 décembre.

Les humains me manquent. La compagnie des humains me manque, la vie au contact des humains me manque. La conversation n'a aucune importance, en vérité. J'ai vu, dans des restaurants, des couples restant une soirée entière sans se parler. Ils regardaient autour d'eux en mangeant, se regardaient parfois. Ils me fascinaient. Ce qui est important, c'est de ressentir l'autre auprès de soi, celui qu'on aime.

J'ai toujours habité en ville. J'aimais sortir, dans les rues piétonnes du centre-ville, ou parmi les foules des grandes fêtes populaires.

J'étais mal à l'aise entre amis. Jc croyais qu'il fallait sans cesse être drôle, échanger des idées intéressantes. Je me trompais sûrement. Catherine m'aidait beaucoup. Elle se mettait au premier plan, quand nous étions entre amis. Elle répondait aux questions, racontait nos histoire communes. Je crois qu'elle ressentait mes appréhensions.

Ma femme me manque, mes enfants me manquent. Les humains me manquent.

Le 31 décembre.

Le monde va basculer dans une année nouvelle. Je suis en paix avec moi-même. Le printemps viendra, l'été ensuite. Des hommes naîtront, d'autres diparaîtront. Des rencontres se feront, et des séparations. Des querelles et des rires éclateront à travers les villes.

Le groupe d'amis que nous avions constitué depuis le lycée se disloqua au fil des années. Les amis personnels de Catherine, les miens et d'autres, connus pendant nos études. Chacun fit sa route. Les enfants étaient petits, Catherine et moi n'étions plus aussi disponibles.

Quelques-uns fondèrent une famille, certains partirent à l'étranger ou ailleurs en France, entraînés par leur carrière. Nous nous voyions de moins en moins, et lorsque cela se faisait, les conversations étaient plus convenues, les contacts moins chaleureux. Nous nous en apercevions les uns et les autres, nous n'en parlions pas, mais ces demi-échecs espaçaient plus encore nos relations. Nous en souffrions sûrement tous.

Un ancien membre du groupe, ami d'enfance de Catherine, décida de provoquer une grande réunion. Il invita tout le monde un week-end, en été, dans une grange à la campagne. Ce fut parfaitement organisé. Chacun reçut une invitation colorée dont les images et la formulation enjouée rappelaient nos plaisanteries d'antan. Le carton se voulait rigolo. Je le trouvai pathétique et il fit sonner en moi une clochette au son triste.

Catherine fut ravie, nous nous y rendîmes avec les enfants âgés à l'époque de cinq et trois ans.

Tout le monde était là. Beaucoup d'enfants également, pour la plupart plus grands que les nôtres. Il faisait beau. Il y avait du poulet grillé, des merguez et du taboulé. On buvait du vin rosé et de la bière. On était debout, côte à côte. On plaisantait, on se racontait nos vies. J'appris que Hervé, l'un d'entre nous, s'était suicidé quelques mois auparavant. Il avait été un adolescent plein de vie, était monté à Paris assez jeune – il voulait être acteur –, s'était jeté dans la Seine la veille de ses trente-quatre ans. Il n'avait pas réalisé son rêve et s'était récemment séparé de sa petite amie. J'appris que Nathalie, la grande complice de Catherine, avait sombré dans une consommation effrénée de drogues multiples. Elle avait quitté ses amis, laissé son mari et ses enfants pour se rapprocher des milieux où elle pouvait se livrer plus facilement à sa passion. À part ça, chacun vaquait plus ou moins à une vie sans complication, où seuls quelques problèmes de santé venaient émailler des jours trop lisses d'une anxiété presque tonifiante. Nous avions nos deux moutons noirs (le suicidé et la junkie) ; ainsi, nous pouvions mieux éprouver un certain confort en pensant à eux. Une certaine impression d'avoir eu raison. Quand nos existences nous semblaient trop mornes, il nous suffisait de nous répéter que nous n'avions pas subi le sort de Hervé, ou celui de Nathalie. Et cette simple évocation avait la vertu magique de nous plonger dans une résignation positive.

Le soir on a mis de la musique et on a dansé. Dans l'absolu, tout s'était bien passé, mais nous nous séparâmes sans planifier de nouveau rendez-vous. Nous restâmes longtemps silencieux, dans la voiture, Catherine et moi.

Nous avons continué sans eux, plus souvent seuls.

Nous avons formé un nouveau groupe de relations – relations de travail ou amitiés tissées au sein de notre club de sport. Nous nous rencontrions à intervalles réguliers, à raison de deux à quatre soirées par mois. Nous invitions, on nous invitait, ou, plus rarement, nous nous retrouvions au restaurant. Des soirées souriantes et consensuelles. Nous effleurions différents sujets sans approfondir, dissimulant sous des phrases vives une véritable crainte du désaccord.

C'est à ce moment-là que j'ai commencé à ressentir l'ennui. Je n'ai d'abord pas compris. J'ai mis beaucoup de temps à identifier l'état d'apathie dans lequel baignait la majeure partie de mes journées. C'était l'ennui.

Le 1er janvier.

Quand j'étais seul avec Catherine, l'ennui était plus faible. Différent. Je m'ennuyais toujours, mais je ressentais du plaisir à rester auprès d'elle. À la voir se distraire, s'amuser. Les années étaient passées. Je l'aimais toujours autant.

Je gardais en moi le souvenir de notre première rencontre. Je me le repassais parfois, comme un film muet. Ce début d'automne dans la cour du lycée. Sous le préau. Deux bises maladroites. Quelques mots échangés, trois phrases bancales. Et notre solitude, et l'espoir confus. Et ce regard. Nous nous éloignions l'un de l'autre et nous nous sommes retournés. En même temps. Et nos yeux se sont joints. Il n'y avait plus de timidité dans nos regards. Seulement une promesse de se retrouver bientôt.

Le 4 janvier.

Je suis resté au lit ces deux derniers jours.

Avant-hier, je me suis réveillé tard. J'étais dans un état que je n'avais pas éprouvé depuis que je suis arrivé ici. Depuis bien plus longtemps, en vérité. J'étais paresseux et satisfait, douilletement installé sous ma couette. Envie de ne rien faire. Je me suis seulement levé pour ouvrir les volets et j'ai regagné mon lit en me grattant le ventre, avec des grognements de plaisir. J'ai gigoté entre la couette et le matelas pour m'y creuser un terrier. Seuls mes yeux et mon nez restaient à l'air libre. Je regardais dehors. Le paysage désolé, la neige glacée et la silhouette des arbres. Le ciel uniformément bleu, d'un bleu impitoyable. Et le vent qui poussait son hurlement. Il devait faire un froid à périr, et je jouissais de ma situation.

Mon paquet de Caporal m'attendait au pied du lit, comme un petit animal aimant. Je le pris et me roulai une cigarette. Je la fumais pleinement, contemplant les volutes, savourant la puissance du tabac et faisant craquer son papier sous mes doigts. Quand je l'eus terminée, j'analysai le goût qu'elle me laissait dans la bouche. Un goût de campagne, un goût de grenier et de bois humide. Un goût qui se décompose lentement, lentement. Je me levai une nouvelle fois pour préparer du café. Dans l'âtre, le feu mourait doucement. Je le laissai faire. J'attendis en grelottant que l'eau bouille et je revins à mon lit avec un bol rempli de café.

La journée se fit, toute lente et pleine de petits plaisirs immobiles. Je fumais des cigarettes et je fixais mon plafond étoilé, jusqu'à voir les étoiles bouger, scintiller. Je sirotais mon café refroidi. J'assistai à un coucher de soleil grandiose et inquiétant, mêlant rose, or et orangé sur un fond bleu d'acier, puis mauve, et enfin bleu profond. La nuit se fit épaisse.

La lune jouait avec la neige, répandant dans la pièce des lueurs magiques. Le plafond de la chambre vivait. Un univers en mouvement, pour moi seul. J'étais l'ultime humain d'un univers clos.

Je sombrai dans une somnolence ravie avant de m'endormir tout à fait.

Le deuxième jour fut plus difficile. C'était hier.

Au réveil, tout allait bien. C'était l'aube. J'avais passé une nuit de sommeil entrecoupé par de longues plages d'éveil béat. La température avait sensiblement baissé et le feu devait être mort à présent. Peut-être encore quelques yeux rouges qui regarderaient à travers la cendre froide. Je repris mon activité contemplative sans bouger de mon lit, m'efforçant d'atteindre la douce extase de la veille. J'avais envie de ne rien faire, comme la veille, mais c'était plus pesant. Je ne parvenais pas à retrouver cette sérénité, entre rêve et jouissance. Au lieu de ça, j'étais assailli par de violents accès d'angoisse, des crises de doute ou d'effroi. Je savais que l'unique solution aurait été de quitter ce lit où je n'avais que trop mariné, de m'occuper, de faire n'importe quoi, pourvu que je m'active. Mais la peur était là. La peur du loin, de l'à côté, la peur de l'ennui. La peur paradoxale du désœuvrement alors que c'était précisément le désœuvrement qui me torturait. Le désœuvrement et un sourd sentiment de culpablité.

Je ne comprenais plus, j'étais hors de la compréhension.

La sensation seule me tenait. Une sensation aiguë de l'air qui circulait, du froid qui y régnait, et de mon infinie solitude. Et de mon inutilité. Cet accablement n'était pas dû à mon isolement géographique, car c'était une faiblesse d'âme que je connaissait, qui m'envahissait à intervalles réguliers, bien avant mon arrivée ici. Qui avait été l'une des raisons de mon départ. C'était une lourdeur physique, une vacuité pénible, une immobilité douloureuse. C'étaient des dimanches perdus, des soirées silencieuses, des nuits de doute. Une quête de sens, de profondeur, dans le désert de l'humanité. Et pour la première fois, j'éprouvais ici ce que j'avais cru laisser là-bas. La fuite était donc impossible, le renouveau impensable. Ce constat me laissa assommé de désespoir.

Je m'endormis d'un sommeil fiévreux, jusqu'à aujourd'hui où j'ai traîné dans la maison, m'arrêtant à chaque instant devant la fenêtre.

Le 12 janvier.

J'ai vacillé et puis je me suis effondré dans l'alcool. Plus d'une semaine. J'ai bu sans cesse, sans raison, à en crever. Je ne cherchais pas à me tuer, je cherchais à extirper quelque chose de mon corps, je crois. Je ne sais pas quoi. Je me rappelle juste mes divagations. Des tronçons de phrases, des discours solitaires. Je parlais de vide et de trop plein, je parlais de la multitude et de l'unité. Je parlais de l'esprit libre, du corps étriqué, de l'incapacité à échanger, de la vanité de transmettre.

Je me revois, buvant lentement, d'un trait, des verres de vin ; essayant de remplir d'alcool une âme creuse. Je me revois urinant dans la cheminée, vomissant dans la cheminée. Je suis sorti, insensible au froid. J'ai vérifié aujourd'hui, j'ai vu l'empreinte de mes pas dans la neige. Des traces désordonnées, nerveuses, éperdues, se dirigeant vers les arbres. J'ai parlé aux arbres, je me suis agenouillé devant une flaque de glace. J'ai crié et je me suis dévêtu.

J'ai cherché. Je n'ai pas trouvé. Je me suis perdu. Je ne toucherai plus jamais à un verre d'alcool.

Le 13 janvier.

Ce qui manque en nous, ce qui s'enfuit, c'est l'état d'adolescence. Pas l'enfance – l'enfance est une période d'insouciance sans richesse véritable. Une période traversée de lumière, où l'homme n'existe pas, pas même à l'état d'ébauche. L'enfance est la bénédiction d'un présent sans cesse renouvelé, plein de bonheur ou de désespoir bruts. Non, je veux parler de l'adolescence. De l'adolescent. Celui qui pressent sans savoir. Celui qui s'attend à tout, se prépare au combat sans en connaître les règles. C'est cela qu'on perd, avec le temps.

Tard dans la nuit.

Quelque chose à ajouter au sujet de l'adolescence.

Je suis convaincu que c'est un espace où l'on côtoie la magie. Et qui se dissout comme il est apparu.

Le 14 janvier.

L'adolescent conçoit, échafaude, édifie ; l'adulte gère, planifie. L'adolescent pense vertical, l'adulte pense horizontal.

La plupart des humains passent la majeure partie de leur vie d'adulte à se fondre dans la masse. Ils s'ingénient à ressembler à l'autre, à être sociables. À ne pas troubler l'ordre péniblement installé autour d'eux. J'ai fait partie de ceux-là.

Je me suis marié, j'ai fait des enfants, j'ai envisagé d'acheter mon domicile. J'ai cherché un emploi stable. J'ai suivi les modes, adhéré aux idées du grand nombre, aux tendances qui traversaient mon temps. Au bureau, j'essayais d'accomplir ma tâche le mieux possible, c'est-à-dire sans risque et sans éclat. Quand un supérieur ou un groupe de travail remarquait la compétence avec laquelle j'avais mené ma mission à son terme, je déployais des trésors de modestie pour rentrer dans le rang le plus rapidement possible.

Comme la plupart des humains, j'ai tué l'adolescent utopiste et créatif que j'avais en moi. Sans lui laisser la moindre chance.

Le 15 janvier.

Je ne me suis pas bien comporté avec Catherine. Je l'ai aimée sans excès, avec mesure. J'ai fait de ses jours des jours confortables, soit, mais tous semblables. Tout était minutieusement prévu pour que le jour suivant ressemblât au précédent. Et quand j'avais décidé de lui faire une surprise, de l'emmener au restaurant, je faisais en sorte de ne pas créer de remous trop importants dans la linéarité de nos existences. Il m'est bien arrivé d'être conquis par quelque projet fou (voyage, maison à la campagne, week-end de rafting...), mais je l'étouffais aussitôt, rongé par l'angoisse qu'il pût se réaliser. Je me suis comporté en petit bonhomme sans relief, avec elle qui avait sans doute rêvé du prince charmant. Elle ne s'en plaignait pas – elle ne se plaignait de rien – et semblait même heureuse de son sort. Elle s'étiolait, c'est tout. Nous nous assoupissions côte à côte sur la moelleuse banquette du train des jours.

L'unique véritable surprise que j'ai dû lui faire aura été de la quitter.

Le 16 janvier.

Ma maison est belle, avec toutes ses peintures. J'en suis fier, je m'y sens bien. J'avais besoin de le dire.

Le 17 janvier.

Je passe mon temps à explorer cette maison. Particule par particule. Je palpe les murs, j'écoute les murs. Je colle mon oreille aux murs, retenant mon souffle dans l'attente du moindre craquement, de la moindre respiration. J'essaie de percevoir la respiration de la maison, ses mouvements.

J'ai également remarqué que je passais beaucoup de temps derrière les fenêtres. Quand je ne suis pas à étudier chaque aspérité de la maison, je regarde le paysage, dehors, de l'autre côté. Il y fait toujours un froid glacial, mais depuis quelques jours, le soleil brille sans cesse, bas sur l'horizon, dans un ciel propre et pur.

Je pense ressortir bientôt.

Le 18 janvier, tard dans la nuit.

Je n'ai plus peur du jour où je disparaîtrai.

Le 20 janvier.

J'envisageais la mort avec crainte ou curiosité. Je pensais souvent à la mort, comme mes contemporains.

Ou plutôt, j'étais régulièrement envahi par une idée de mort. Des perceptions différentes – une frayeur épouvantable, ou l'envie plus stimulante d'en savoir davantage –, mais toujours conçues comme une fin douloureuse. Au mieux un cataclysme de l'identité, au pire la disparition pure et simple dans un gouffre de souffrances. Aujourd'hui, je ne crois plus cela. La mort n'est ni un aboutissement, ni une fin tragique. Elle relève de la vie comme la faim ou la soif. Elle ne survient qu'une fois, c'est tout.

Le 21 janvier.

Combien ai-je vu de morts dans ma vie ? Très peu, sans doute. Je suis encore relativement jeune et je n'ai participé à aucune guerre. Seuls quelques-uns de mes proches sont morts. Et pourtant, je ne saurais dénombrer les cadavres que j'ai croisés au cours de mon existence, à l'occasion d'un enterrement, d'un passage aux urgences ou d'un des accidents de la route auxquels j'aurais assisté.

J'ai vu, un jour, un homme qui tentait de se suicider dans un fleuve. Il avait essayé de se noyer, mais les eaux trop peu profondes ne le lui avaient pas permis. Il restait au beau milieu du fleuve, debout, penaud et trempé comme une soupe. Des pompiers venaient à son secours, accrochés à une corde, et lui ne parvenait pas à se jeter dans le courant. Ou peut-être n'osait-il plus le faire. Autour de lui, une foule considérable s'était massée pour assister au spectacle. Celui-ci n'est pas mort.

Le 22 janvier.

Mon observation de la maison me renforce dans mon opinion de la mort. Que sont ces planches, ces cendres, ces pierres, ces grains de poussière, sinon des déjections agglomérées, des restes recyclés par la nature, des cadavres effrités, rendus utiles à la vie par un processus banal et mystérieux. Tout se transforme, et les humains sont bien prétentieux. La vie digère et restitue. La véritable mort n'existe pas.

Le 23 janvier.

Je me suis aperçu que je ne dors presque plus depuis que je ne bois plus d'alcool. Chaque soir, je m'éteignais, abruti par le vin et ma propre personne. Je ne m'endormais pas, je m'éteignais.

Je ne mange quasiment plus, je ne bois plus d'alcool et je dors très peu. L'eau, je la consomme avec beaucoup de parcimonie.

Le 24 janvier.

Ça y est, je suis sorti !

Je suis sorti ce matin. J'ai regardé le thermomètre, il indiquait -12°C. Il faisait très beau. Le sol était gelé, crevassé. Dans les champs, la neige semblait ne pas avoir été foulée depuis plusieurs semaines. Juste quelques traces d'animaux.

Le vent soufflait. J'ai cru m'envoler tant je suis maigre. Cette sensation d'extrême maigreur me fait du bien.

J'ai retrouvé la nature que j'avais sillonnée quelques semaines, quelques mois auparavant. Après un moment d'hébétude, j'ai été gagné par un doux vertige. Quelque chose de très lent et de puissant, une envie de faire à nouveau partie de ce corps, de n'être plus seulement un homme dans la nature, mais bel et bien une composante de cet organisme.

Je suis rentré après une longue marche dans la neige. Je ne sais pas où je suis allé. J'ai marché sur le plateau, dans la forêt. Au hasard. Je suis rentré heureux, la tête propre. Je n'avais pas froid. J'étais bien.

Le 30 janvier.

Aujourd'hui, j'ai fait une rencontre plaisante. Une rivière. Je sors tous les jours en ce moment. Je quitte la maison dès le petit matin, dans le noir, et je rentre tard, exténué, en pleine nuit. Je dors un peu et je ressors immédiatement après mon réveil, l'enthousiasme au ventre. Je suis mes traces de la veille, le temps de m'habituer aux ténèbres, et je les quitte. Je change d'itinéraire à chaque fois. Je marche, je cours souvent. Je suis affûté comme une faux.

Je marche au petit bonheur. Je retrouve toujours la maison. C'est comme ça.

Aujourd'hui, j'ai découvert une rivière. J'ai redécouvert une rivière. Je l'avais rencontrée cet automne, durant ces jours de déraison où j'errais sans conscience. Je l'ai reconnue, sans doute possible.

Je me suis arrêté à quelques mètres. Elle était gelée. Je me suis arrêté, interloqué. J'étais étonné de la voir ici, au détour d'un chemin. Elle était gelée, c'était émouvant. J'ai éprouvé de la tendresse pour elle.

Je me suis approché. Je me suis agenouillé. Je l'ai regardée, je l'ai touchée. Elle était gelée. Douce, ronronnante, sous l'épaisse couche de glace. J'ai approché mon oreille de la glace. J'ai écouté. Elle vivait en dessous. C'était beau à entendre, rempli d'espoir. Une attente pleine de promesses. Je me suis demandé s'il restait des poissons, tout au fond, à l'abri, dans je ne sais quelle crevasse.

Je me suis levé. Je suis parti à reculons, sans la quitter des yeux, en lui promettant une nouvelle visite. Je suis resté debout et silencieux. Je ne sais combien de temps. Je suis rentré à la maison.

Le 2 février.

Cela fait trois jours que je n'ai pas dormi.

Je suis allé fouiller dans la cave et le placard de ma chambre. J'y avais entassé le produit de mes vols, sans plus d'attention que cela. Je n'y étais jamais retourné.

J'ai tout étalé sur le plancher de la pièce principale – ma pelouse intérieure. Je me suis assis à même le sol, au beau milieu du capharnaüm. J'étais bien. Je souriais, je regardais autour de moi, j'étais bien. Et puis je me suis levé. J'ai erré avec précaution parmi ces fragments de propriété, ces parcelles de souvenir. J'écartais les bras, je marchais à petits pas hésitants, prenant bien garde à ne rien casser.

J'ai reniflé une vieille cafetière, caressé une pendulette sans aiguille. J'ai joué avec une auto en bois, peinte de couleurs vives.

J'ai rangé, dérangé, classé, déclassé, du plus grand au plus petit, du plus terne au plus coloré, de l'utile à l'inutile.

J'ai façonné un paysage, avec des routes, des buissons de laine et d'éponge, un village fait de boîtes de conserve, de pots vides et de casseroles. De multiples objets de bois, de fer blanc et de porcelaine, chacun tenant sa place. C'était superbe et drôle. Je me suis laissé tomber au milieu de tout ça en éclatant de rire. Je suis resté allongé là, les bras en croix, entouré de ces objets et de leur histoire. J'ai ri, et j'ai arrêté de rire. Je n'ai pas dormi.

J'ai cloué des objets au mur en une longue guirlande. J'ai commencé par un ours en peluche, puis une poupée, puis une casserole, par la queue, la cafetière, et toutes sortes d'autres objets. C'est assez joli, un peu morbide.

Le troisième jour, je suis sorti.

Le 3 février.

Et puis il y eut cette période stupide où j'ai conquis des femmes.

J'y ai pensé ce matin, en marchant, je ne sais pourquoi. J'avais beau faire des efforts, cette pensée ne me quittait pas. Je marchais, je courais dans la neige, mais cette pensée ne me quittait pas.

Je suis rentré. Je me suis assis dans mon fauteuil.

C'étaient des femmes d'une nuit, des femmes de quelques heures. Je me déplaçais pour mon travail, parfois plusieurs jours d'affilée, et notre couple battait de l'aile. Quelque chose s'était défait entre nous. Nous ne nous parlions presque plus. De nos bouches s'échappaient des mots froids, ordinaires, comme par mégarde. Nos enfants étaient témoins de ça. Ils étaient tristes, nous étions seuls.

Alors pendant mes déplacements, je me sentais libre. Je changeais, je sortais le soir. Et j'abordais des femmes qui se laissaient faire. Je me croyais irrésistible. Je me mis à m'habiller avec soin, à faire attention au ton de ma voix. J'allais chez le coiffeur, je me parfumais. Catherine ne s'apercevait de rien. Quand je rentrais à la maison après une aventure, j'étais détendu et sûr de moi. Je prenais de l'ascendant sur Catherine qui continuait à vivre sa routine. J'étais triste pour elle, j'avais envie de lui dire que la vraie vie était tellement différente, tellement excitante. Qu'il fallait s'amuser, mordre les jours et prendre du plaisir. J'avais envie de la secouer, de lui crier d'ouvrir les yeux. Mais elle suivait son chemin sans dévier. Je n'y pouvais rien.

Ensuite, il y eut cette maîtresse, une femme que je voyais régulièrement. Elle était blonde et belle. Elle avait un corps magnifique et s'en servait avec volupté. Notre relation était purement physique, je passais des nuits entières chez elle. Je mentais à Catherine. J'inventais des déplacements et je fuyais, tout entier possédé par mon désir. Nous faisions l'amour toute la nuit, nous interrompant seulement pour manger ou boire du vin. Elle s'appelait Catherine, elle aussi. Nous en riions, elle me disait qu'ainsi je ne pourrais pas me tromper.

Pourquoi lui avais-je dit le nom de ma femme ? Je participais à ses plaisanteries, mais je ne me sentais pas à l'aise. Je me sentais comme humilié pour la mère de mes enfants. J'imaginais Catherine insouciante, souriante, à mille lieux de se douter de nos sarcasmes. Et ces images me faisaient mal au ventre.

Le matin, je retournais au bureau, rompu et heureux.

Notre relation dura plusieurs mois. Elle cessa brutalement.

J'allais chez ma maîtresse comme chez moi, j'y avais mes habitudes. Je me servais un scotch et nous bavardions, chacun assis dans un fauteuil. Il nous arrivait de passer la soirée devant la télé, allongés l'un contre l'autre dans le canapé. La passion s'était transformée en une sympathique camaraderie. J'y trouvais mon compte, pas elle.

Un soir, elle m'annonça à l'interphone que c'était fini. Elle me dit qu'elle s'ennuyait, qu'il y avait un autre homme dans sa vie. Elle ne me laissa pas entrer. Je dus retourner à la maison et inventer une histoire de train parti en avance. J'avais honte. Le mirage s'était évaporé et j'avais honte de ma conduite. Je me retournais sur ces mois à peine écoulés et j'avais honte. Je regardais mes enfants, je regardais ma femme, et j'avais honte.

Catherine m'était restée fidèle, et malgré nos rapports chaotiques, elle m'aimait toujours. Elle m'aimait calmement, avec confiance, et je l'avais trahie. De la supériorité affichée précédemment, il ne restait rien. Et j'eus envie de me blottir en sanglotant dans les bras de ma femme.

Le 4 février.

Je n'avouai rien à Catherine de ma lamentable attitude. Je tentai simplement de me réadapter à l'existence normale, de retrouver les joies et les soucis quotidiens. Je cherchai à me couler dans le moule du père de famille responsable, approchant la quarantaine.

Je fis mon possible pour oublier ma culpabilité et l'ivresse des mois passés. Ce que j'avais vécu était à moi, et je ne ferais goûter à personne les délices et les douleurs que j'y avais trouvé.

Notre couple était désespérément fade. Nous n'avions plus envie l'un de l'autre, n'échangions plus nos joies ou nos craintes. Nous communiquions par le biais des enfants.

Nous ne nous reprochions rien, loin de là, il n'existait aucune animosité entre nous. Je crois même que nous nous aimions toujours sincèrement. Mais l'habitude était passée par là. Ensemble, nous avions connu les attentes, les demi-défaites, les tiers de succès, dans une solidarité d'abord enthousiaste, puis fusionnelle, et enfin machinale. Comme la majorité des couples de notre âge, nous étions en train de parcourir nos dernières années ensemble, sans nous apercevoir de rien, et sans connaître les raisons de notre échec.

Quant à moi, j'en avais fini avec ma double vie. Je n'avais plus rien pour tromper l'ennui qui m'étouffait. Je devais tenir ou partir. J'ai tenu plus de deux ans.

Le 5 février.

J'ai peu bougé de mon fauteuil, ces trois derniers jours. J'ai pensé à mes infidélités, comme aux derniers mois passés en compagnie de Catherine et des enfants. Je suis heureux d'être revenu sur ce chapitre de mon existence. Cela m'a fait du bien. J'ai compris certaines connexions souterraines et je me suis purgé de sentiments inutiles.

Le 6 février.

Moins je dors, plus je vis. Je connais chaque minute, chaque seconde d'une journée. Je pourrais toucher la matière des secondes qui défilent devant moi.

Et je vis dans la lenteur d'un désœuvrement choisi. Quiconque me verrait penserait probablement que je m'ennuie, mais c'est le contraire. Cette lenteur est riche de toutes choses. Ce désœuvrement est une terre fertile.

Le 8 février.

J'ai repris mes longues marches. Je marche dans un état particulier. Je suis dédoublé, j'ai deux âmes, deux moteurs.

La superficie de mon corps est au contact de la nature, jouit de ses odeurs, de ses sons, de ses lumières.

C'est la partie vive, la partie dynamique, en rapport direct avec les éléments.

L'intérieur de mon corps, le fond de moi-même, est en réflexion constante, en recueillement. C'est un espace enfoui, profond, un espace en quête, qui fouille dans le passé pour construire le présent.

Je crois atteindre un niveau de lucidité où l'expérience, la culture et les sciences n'ont rien à faire. C'est un niveau où l'homme se fond dans le noyau. L'individu existe, c'est une particule. Je touche au but.

Le 10 février.

Je ne suis plus sensible au froid. Je veux dire, pas comme un humain normal. Ce matin encore, il faisait -7°C, et ma chemise et ma seule veste de velours m'ont amplement suffi. Dans la maison, le feu ne brûle qu'à petites flammes.

Le 11 février.

J'ai fait une étrange expérience.

Je marchais au beau milieu de la forêt, quand j'ai été traversé par les pensées de gens que je ne connais pas.

Depuis que je suis ici, j'ai parfois cru ressentir, entendre l'écho de certaines phrases de Catherine, des enfants ou de quelque ami, mais je ne l'avais même pas mentionné dans ce journal, tant je trouvais ce type de manifestation en accord avec ma solitude. Mais là, je dois admettre que je suis resté pétrifié. C'étaient de véritables intonations, presque des voix. En me concentrant, je pouvais entrevoir le visage de la personne concernée. Je visionnais joue, aile du nez, pigmentation, moustache ou bord de lunettes, comme on perçoit son propre visage de l'intérieur.

J'étais réellement traversé par des humains vivants, absents, et que je ne connaissais pas. Je devenais eux, successivement, et pendant un temps infime.

Je suis resté longtemps debout, les jambes tremblantes. Ma main a cherché le tronc d'un châtaignier, juste à côté. Je m'y suis adossé. J'étais épuisé. J'ai eu du mal à rentrer et j'ai dû faire une longue sieste avant d'écrire ces lignes, tellement j'étais épuisé.

Le 14 février.

Ma solitude est peuplée. Ma solitude est peuplée.

Des gens bruissent en moi, des voix se font entendre.

Il y a une sorte de fleuve sonore constitué de voix monocordes et de timbres différents, et puis il y a des pics, des voix qui s'élèvent d'un coup, sortent du lot un instant avant de replonger, comme un poisson d'argent.

Ce n'est pas désagréable. C'est un fond de vie supplémentaire, un autre niveau d'existence.

Je n'en reste pas moins seul.

Dans ma maison peinte comme un monde dans le monde, avec ses objets cloués aux murs.

Je suis retourné voir la rivière. Deux fois. Elle était toujours aussi belle, figée dans ses manières de diamant.

Je suis resté auprès d'elle en silence. Je suis rentré à la nuit noire.

Le 15 février.

Brusque réchauffement. Le temps s'est couvert, de la neige est tombée. Je suis sorti pour voir tomber la neige. Ensuite, je suis rentré et j'en ai profité pour observer mon corps, comme je l'avais fait naguère avec cette maison.

Je me suis déshabillé et j'ai tout détaillé. J'ai commencé par la plante des pieds.

Mes pieds sont secs, blancs, crevassés. Les orteils sont longs, maigres et mobiles. Mes tibias et mes cuisses sont recouverts de poil noir, avec une peau diaphane, sillonnés par de nombreuses veines.

Comme mes bras. Mes avant-bras sont traversés de nerfs tendus comme des câbles. Mes mains sont longues et ma poitrine est creuse. Lorsque je palpe mon dos, je sens l'échine, les vertèbres empilées, saillantes. Mes côtes saillent également.

Je ne crois pas avoir jamais observé mon corps de la sorte, mais j'ai conscience de la transformation qui s'y est opérée. Avant, quand il m'arrivait de croiser mon image nue dans un miroir, je ne voyais qu'un petit corps, mou malgré sa minceur. Je n'en étais pas fier, je ne le sentais pas mien et j'hésitais à le dévoiler. À la plage ou à la piscine, je portais souvent un tee shirt ; avec Catherine, je me déshabillais en vitesse, le plus souvent dans le noir ou la pénombre. Aujourd'hui, mon corps est débarrassé de tout superflu. Il est tonique et plein de force. Il est léger, souple, habile. C'est un outil de grande qualité.

J'ai palpé mon visage. Sous la barbe, j'ai senti le creux des joues. Mes lèvres tranchent ma barbe comme une entaille au couteau. J'ai palpé mes pommettes aigües, l'angle du front aux tempes, la pointe du crâne. Ma barbe et mes cheveux sont longs, fins et soyeux.

Le 17 février.

J'ai passé deux jours de plus à examiner mon corps dans tous ses détails. J'ai l'impression de sortir d'un long voyage.

Je ne dors presque plus. Quand je dors, je rêve sans cesse. Quand je me réveille, mon rêve continue à vivre. Au début, ça durait quelques secondes ; maintenant, je ne saurais dire.

C'est un sommeil vif, ondulant, un sommeil qui se glisse entre les interstices de mon cerveau. C'est un sommeil qui s'étend sur l'éveil, qui semble se diluer dans les périodes d'éveil, comme le chaud se dilue dans le froid. C'est un état hybride. Je compte parvenir à ne plus dormir du tout.

Le temps est couvert, il fait - 2°C. Demain, je retourne voir la rivière.

Le 18 février.

Elle se tenait là, toujours aussi paisible. À sa surface, la couche de glace était beaucoup plus fine. Le mouvement, l'eau en mouvement, reprenait le dessus. La chaleur de la terre travaillait à la faveur de l'eau. Sur les bords, la glace ne faisait plus corps avec la terre. La terre avait noirci, s'était transformée en une boue compacte, et la glace s'était détachée de la terre, comme une croûte se détache d'un genou meurtri.

La matinée s'avançait et la glace fondait et craquait. Un processus d'une lenteur extrême. Un processus impitoyable. En milieu de journée, seules demeuraient encore quelques fines plaques de glace qui ne tardèrent pas à être charriées, puis broyées à leur tour par la rivière. Elle avait repris possession de son lit.

Quand je suis parti, il faisait nuit, et mes oreilles bourdonnaient du chant de la rivière.

Le 22 février.

La neige fond. Il ne reste plus que quelques congères entassées dans des creux.

J'entends sans cesse ces voix à l'intérieur de moi. Beaucoup d'entre elles me sont devenues familières.

Le 23 février.

Je crois que j'ai réussi. Je crois bien que je ne dors plus.

De la neige est tombée mais la rivière ne gèle plus.

Le 24 février.

La rivière coule de plus en plus gaiement. Elle a enflé, son débit se fait plus franc.

J'ai passé la journée auprès d'elle. Nous étions entourés de neige. C'était paisible et très silencieux. Une journée de confidences.

Le 3 mars.

J'ai une femme, des enfants, je dois me le répéter pour m'en convaincre.

Je passe mes journées aux côtés de ma rivière. Je suis débarrassé de tout, je me suis dépouillé de tout. J'ai réduit mes besoins vitaux à leur plus simple expression. Je suis pur.

Je n'écris plus que le minimum, pour témoigner. Je dois faire des efforts considérables pour me rappeler la date, noter le jour et le mois sur ce journal.

Je ne pense plus, je n'ai plus de pensée. Mon crâne est traversé par les voix du monde, et le bruissement de ma rivière.

Je suis pur.

Le 9 mars.

Hier, j'ai été mû par un impérieux appel. C'était le matin et j'avais passé la nuit assis au bord de ma rivière. Je me suis levé. Une envie d'aller, de m'éloigner, pour voir. Une dernière fois peut-être. J'ai traversé ma rivière. J'ai marché longtemps. J'ai traversé la forêt, traversé le plateau, à grandes enjambées. J'ai marché longtemps sous les nuages bas. J'ai marché le dos courbé, contre le vent. Les nuages faisaient des traînées de gaze qui venaient s'emmêler dans mes cheveux.

Je suis arrivé en haut d'une colline. De l'autre côté, à mes pieds, remuait un gros bourg. Il palpitait de ses humains. Des gens bougeaient dans les rues, en quête d'un alibi. Des gens marchaient, parlaient, prenaient leur voiture et roulaient avec. Ils cherchaient le signe. La lumière. J'ai tourné les talons.

Le 16 mars.

Des plaques de neige jonchent encore les bords de ma rivière. Il y a deux ou trois jours, j'y ai découvert des perce-neige. D'abord quelques-uns, vibrants sous le soleil, et puis des milliers, scintillants, éclatants.

Très tard le même soir.

La nuit coule entre mes doigts. La nuit emplit mon crâne et coule entre mes doigts.

Le 19 mars.

Le vent s'est levé dans la nuit. Il me tient compagnie.

Le 21 mars.

J'ai mangé deux petites pommes tout sèches. J'ai dû boire un grand verre d'eau.

Le 27 mars.

Il n'y a plus de neige. Plus du tout de neige, même au bord de ma rivière.

Le 2 avril.

J'écris dans ce journal pour la dernière fois. Je regarde ma maison pour la dernière fois. Elle est belle. Ce matin, je me suis appliqué à la ranger. Nous sommes, je pense, au milieu de l'après-midi, et je regarde la cheminée, le vieux fauteuil de cuir, et mes peintures, pour la dernière fois.

J'arrive au terme de mon parcours. Je suis en paix. Je vais quitter ma maison, je vais rejoindre ma rivière.

Je n'ai pas peur.

* * *

L'homme ferme son cahier, se lève, passe dans la chambre. Il en ressort avec un sac de plastique et un bout de ficelle. Il enveloppe le cahier dans le sac, noue la ficelle autour du sac. Il sort. Ferme la porte. Il franchit le portail, ferme le portail. Il regarde la maison un instant. Il sourit. Il s'éloigne.

Plus tard, il arrivera près de la rivière. Il s'allongera, le côté droit baignant dans la rivière, le côté gauche posé sur le rivage, la main gauche posée sur le sac de plastique contenant le cahier.

Encore plus tard, des mois après, un promeneur longera cette rivière. Il trouvera un sac de plastique à moitié enfoui dans la boue, avec un cahier à l'intérieur. Il ne trouvera rien d'autre.

TABLE

Extraits du catalogue de HB Éditions

Collection « Textes Courts »

Romans

Roland Bechmann *L'arbre du ciel*
(Prix du premier roman de Chambéry 1998)
Julia Billet *J'ai oublié*
Jean-Pierre Cabanes *Le retour de Mathilde*
Jean-Loup Calazel *Repentirs*
Anne Creuchet *Irène du Péloponnèse*
Gilles Dauvé *Banlieue molle*
Valérie Feltesse *Solitude du parc - Parkeinsamkeit*
Yvon Inizan *Ailleurs, exactement*
(Prix du premier roman de Chambéry 2000)
Claire Jeannerod *La rumeur*
Monique Jouvancy *La part de l'ange*
Monique Jouvancy *La cour*
Maurice Jury *Tala*
Gérard Lambert *D'eau et de braise*
Marc Le Piouff *Le meilleur d'Ana*
Gilles Moinot *Pour mémoire*
Claire Moracchini *Substitution*
Françoise Renaud *L'enfant de ma mère*
Patrice-Loup Rifaux *Pourquoi suis-je noir ?*
(Prix du premier roman de Chambéry 2000)
Catherine Rosset *Le baiser de la gare de Lyon*
Gabrielle Seyssiecq *La cour des miracles*
Daniel Slimak *L'orange éclatée*

Contes et Nouvelles

Daniel Arsand *Nocturnes*
Nadia Berquet *Cité des fleurs*
(Prix de la ville et de la citoyenneté 1998)
Julia Billet *Cris de guerres*
Jean-Noël Blanc *On en apprend tous les jours*
Jean-Noël Blanc *Hôtel intérieur nuit*
(*Prix Renaissance de la nouvelle 1996*)
A. Absire, C. Baroche, J.-M. Callens, J. Charliac, G.-O. Châteaureynaud, C. Congiu, D. Jorno, A. Kaburahe, G. Scholz, J.-P. Steckiewiez :
Des nouvelles de Palaiseau

A. Absire, C. Baroche, D. Corazza, L. Gauvin,
G.-O. Châteaureynaud, C. Congiu, H. Alloy,
C. Jacques, E. Bonnefon, G. Melisson-Lepage
S. Marland, S. Senanedj :
L'atelier de Palaiseau
J.-N. Blanc, H. Bouchardeau, P. Charras,
J. Colombier, P. Drevet,
P. Fournel, R. Mazoyer, Piem : *Drôle d'oiseau*
Gilles Boulan *Des rivages sous la pluie*
Jeanine Chirpaz *Chemins d'erres*
Laurence Cossé *La terre des folles*
Henri Danon *Les appelants*
Bruno Daudin *Un amour de Mabœuf*
François De Cornière *Partir pour de bon*
Jérôme Delclos *Coutures du silence*
Gisèle Fournier *L'ordre secret des choses*
Jacques Fulgence *Pour la Saint-Ravaillac*
Jean Grégor *Contes Philéens*
Jean Grégor *Philéenne de Crédit*
Monique Jouvancy *L'air de riens*
(Prix du Festival de Saint-Quentin 1998)
Marc Le Piouff *Les silences à venir*
Anne Matalon *Chimiofolies*
Robert Mazoyer *Chemins de solitude*
Annie Mignard *7 histoires d'amour*
(Prix de la nouvelle de la Société des Gens de Lettres)
Philippe Napoletano *Des gens*
Philippe Napoletano *La rivière*
Gisèle Prassinos *Mon cœur les écoute*
Fernand Rambion *Sous le micocoulier*
Annie Saumont *Dieu regarde et se tait*
Bernard Saxel *Contes d'automne*
Françoise Séloron *L'amazone du 46*
Françoise Sigoillot *L'arche de Zoé*
Françoise Sigoillot *Département des archives*
Jackie Simon *La femme momentanée*
Gérard Sire *Contes pour rêver*
Gérard Sire *Le papillon de nuit*
Jeanine Teisson *Le règne animal*
Maurice Trogoff *Le chien de Mozart*

André VIOLA *Latitudes-solitudes*
Roger WALLET *33 tours*
Édith WEIBEL *Cahin-caha, la vie*
Sylvie WEIL *Jeux*
Jacqueline WEYL *Des saisons et des monstres*

Collection « Textes d'ailleurs »

Hana BELOHRADSKA *Docteur Braun, derniers jours*
roman traduit du tchèque par Marie NAGY-TUMLIR

Collection « Mémoire à vif »

DOCUMENTS, SOUVENIRS

Max DROUIN *Forcené de l'espoir*
Danièle GERVAIS-MARX *La ligne de démarcation*
Roland PERROT *R.A.S.*
Eva WARCHAWIAK *Comment je suis devenue démocrate*

Collection « Intimes »

SOUVENIRS, CORRESPONDANCES, JOURNAUX INTIMES

Huguette BOUCHARDEAU *Rose Noël*
Elia SURTEL *Elia*
Muriel LEDOUX *Elia et Paul*
Catherine NICOLAÏ *Le pain à la farine de* Boche (Roman)
Cécile PLANEZ *Les figuiers*
Émile ZOLA *Lettres d'un enthousiaste*
présentées par Olympia ALBERTI
Renée VIVIEN *Lettres à Kérimé*
présentées par Jean LEPROUX

Collection « Arrêts sur lecture »

ENTRETIENS, ESSAIS LITTÉRAIRES

Alain BLADUCHE-DELAGE *Langage en gage*
Jorge Luis BORGES *Entretien avec* André CAMP, suivi de
Neuf essais sur Borges, par FRANÇOIS BOUCHARDEAU
Huguette BOUCHARDEAU *George Sand, La lune et les sabots*
Huguette BOUCHARDEAU *Simone Weil*
François BOUCHARDEAU *Nouvelles de la nouvelle*
Charlotte DELBO *Une Scène jouée dans la mémoire,*
suivie de *Qui rapportera ces paroles ?*
introduction et postface de Cécile GODARD

Achevé d'imprimer sur les presses de
l'imprimerie C.I.A.M. à Langlade (Gard)
en octobre 2001 ; dépôt légal octobre 2001